一措再措

纪念我们逝去的好友李翀

U0911504

中国致公出版社
China Zhigong Press

目　录

主编的话

2017年是我的本命年，这一年发生了太多事，手上戴着红绳帮不了我，护身符帮不了我，求神拜佛也帮不了我。说出来都是事故，说到底都是命，无法不信。这些事故里最坏的一件便是，我最好的朋友李翀在6月27日晚上10点永远离开了我，去了他渴望的、有光的世界。直到现在我都想问一句，怎么可能？

那些个被黑暗吞噬的日子，我尽量关闭所有感知，不听、不闻、不问、不思、不想，以为这样便能忘记那残酷的事实、忘记他。可越想忘记便越思念，无可抵挡。我从不知道一个人的命运可以把另一个人鞭笞得落花流水，但这个狠心离开的家伙，干得很漂亮。过去我常说，活的再好的人我都不羡慕，我就羡慕想死就死的人。现在，我终于不这样想了，我想，世间该多好，他若尚在场。

现在是2018年4月6日，距离他离开的日子已经快一年了，我写下这篇序言。这10个月里，太多人用自己的方式怀念他，他们有些人为他拍摄纪录片，有些人为他立起纪念碑，还有些人在他离开的地方——当惹雍措旁边，竖起了经幡柱。而这一本书《一措再措——纪念我们逝去的好友李翀》，为了纪念。本书提供了李翀《神的孩子都要去西藏》一书内没有囊括的全新内容，是他后来书写和讲解的关于西藏文化、饮食、生活、购物、动植物等各方面的知识，以及人们对这些藏文化认知误区的纠正。此外，书里包含了他的好友们对他的思念和想跟他说的话，当然，还有很多人未留下只言片语。在我跟他们约稿的时候，他们伤感地说，无从落笔，因为不敢回忆。回忆是痛，不可言说的最痛，我懂得，那便在心里默默想念吧。感谢投稿的小伙

伴和未投稿的小伙伴，你们的心都是一样的。感谢索以、郑立峰大哥和蓝小红姐姐提供的宝贵照片（书中图片均为这三位李翀的好友提供，穿插放在书里的某些位置），让我们在回忆他时，有迹可循。或许还有太多人不知道他的故事，请允许我讲述一二。

西藏-假想敌，原名李翀，他是《神的孩子都要去西藏》一书的作者，是微博大V“西藏-假想敌”的所有者，13年如一日地倾尽所有，致力于西藏旅行事业，并无数次帮助贫困的藏族人。2017年6月27日，他在开拓阿里新线路的途中，因车祸卒于当惹雍措湖边，结束了年轻的生命，年仅37岁。

2004年，他第一次接触西藏便深深地爱上了这片神的故乡。2008年，他在结束了一次西藏之行后，毅然放弃了当时的工作，来到西藏，开始专注于藏文化传播，深度挖掘西藏旅游线路，并无偿为无数位到西藏的旅人提供了各种帮助。

2011年，他萌生了把自己了解的西藏分享给更多人、让更多人能来到西藏、感受这片壮美又神秘的土地，让所有热爱和向往西藏的朋友都能拥有真正的属于自己的西藏之旅的想法。于是他根据自己的经历和经验，系统化地将藏地旅行按地域分类归纳，精心设计出30条极具特色的旅行路线，绘制了30幅精准实用的手绘地图，并于2014年底将其集结成册，这便是《神的孩子都要去西藏》一书。作为一本实用性攻略书籍，从2014年出版发行第一版至今，已再版11次。

13年间，他冒着生命危险走遍了西藏每一个角落。他一边传播藏文化，一边深度挖掘西藏的旅游线路。他倾尽所有帮助藏族人，因此他的荷包总是捉襟见肘，他的未婚妻也因为他穷而离开了他。他为广大进藏旅人提供约伴拼车、旅行咨询、线路策划等一系列无偿帮助。他对西藏历史、人文以及自然风光的熟悉，让无数学者、考古学家和藏族人都自叹不如，其首创的“神的孩子都要去西藏”一语，在热爱西藏的人心里，成了不朽的经典。

他致力于还原旅行的本质，将最原始纯正的藏族风情呈献给所有人。他希望所有到达西藏的朋友，不只是满足于去那些著名景点打卡、欣赏美景，走马观花地纪念，还应该更彻底地了解和感受西藏，和最有趣的人，看不一样的风景，了解最纯朴的文化。

2015年，他带领小伙伴们发起了《山那边的西藏》和《冬日暖阳》等爱心活动，为西藏边坝大骨节病人筹集大米50吨（众筹金额共293644元），为山南、日喀则两地6所小学筹集爱心包裹共计203个，为阿里地区的孩子筹集了课本、文具、衣物若干。

2016年，他发起的六一爱心活动，为昌都芒康县帮达乡第三中心小学的孩子筹集爱心运动鞋316双，《冬季暖阳》第二季活动，为青海玉树吉尼赛乡和四川甘孜卡松渡乡筹集冬衣，为老乡义卖特产……

2017年，他发起的公益活动仍在继续，他筹集的物资还在路上，而他却永远离开了这片他深爱的土地。

西藏给了他自由和梦，他便用他的一生还给这片土地最真挚的爱。很多人说，神的孩子去了神的故乡，去了那片他一直追寻的、有光的世界。

很多人说他傻，但是如果每个人都那么利己，这个世界该多冷漠。可总有些事，需要有人来做。你可以不认可，但请不要嘲讽，我们这些做不到的人，应该向他致以最崇高的敬意。现在他走了，留下了年迈的父母，我们能做的，是献出一些爱心，帮他尽一份孝道。

谨以此书，纪念我最深爱的朋友李翀——西藏假想敌。

2018年4月6日 于北京

听李琊解密西藏：那些年，西藏被误解的事

文　西藏–假想敌（李琊）

仓央嘉措不写情诗，玛吉阿米不是情人

仓央嘉措是第六世达赖喇嘛，他故事很传奇。现在网络上盛传他的作品，但大都是伪作，并不是他本人写的。有几个著名的，比如“那一世转山转水转佛塔”，这是作词人何训田写的歌词，“你见或者不见”的作者是扎西拉姆·多多，一位很年轻的姑娘。

很多人把仓央嘉措的作品说成是情诗，这是不对的，确切地说，他的作品应该被称为道歌。仓央嘉措生活在清朝，那个时候的诗是很

严谨的古体诗，五言或者七言，藏文诗也受到了汉地的影响，对仗非常工整，没有现在长短句的形式。要了解仓央嘉措，需要先了解当时的历史背景。

五世达赖喇嘛重修了布达拉宫，他是真正的宗教和政治改革家。他把西藏的统治权从蒙古人的手里夺回来，因此影响力巨大。然而，五世达赖喇嘛圆寂后，摄政王桑杰嘉措担心西藏的统治权重新被蒙古人夺走，因此不敢对外公开五世达赖喇嘛圆寂的消息，只能以其闭关为由，拒绝一切拜见，并开始秘密寻找转世灵童。桑杰嘉措通过一系列宗教仪轨，在当时的门隅地区、现在的藏南找到了五世达赖喇嘛转世灵童，也就是六世达赖喇嘛仓央嘉措。

仓央嘉措被寻访到之后，摄政王桑杰嘉措不敢把他迎请回拉萨，否则五世达赖喇嘛圆寂之事将暴露，而六世达赖喇嘛年纪尚小。于是，他们把仓央嘉措寄养在错那县的一个小寺庙里，这导致仓央嘉措拥有了一个与其他历任达赖喇嘛完全不一样的童年。

他小的时候就像普通小孩一样，每天在草原上跟其他孩子一起玩，直到十几岁，被请回布达拉宫。因五世达赖喇嘛圆寂之事败露，清朝皇帝大怒，打算把西藏的统治权重新还给蒙古人。但因不得不考虑西藏的安定团结问题，于是，皇帝只是严厉地批评了摄政王桑杰嘉措，并没有直接废除他，并勒令他立即将仓央嘉措迎请回布达拉宫，并举行了隆重的坐床仪式，也就是正式的册封仪式。班禅和达赖喇嘛是格鲁派的两大活佛转世系统，这两大活佛互为师徒关系。如果达赖喇嘛圆寂了，那么班禅就会负责寻访他的转世灵童，并成为新的转世灵童的老师。相反，如果班禅圆寂，达赖喇嘛就是下一任班禅转世灵童的寻访者和老师。所以当仓央嘉措被请回布达拉宫后，他就拜班禅为师，由班禅对他进行受戒仪式。第一步是沙弥戒，沙弥就是小和尚，仓央嘉措开始了最初级的学习。因为他接受的都是最好的教育，他的身边都是最好的上师，所以他很快就进入了第二阶段的学习，就是比丘戒。

但因仓央嘉措自幼生活在民间，忽然的严格约束让他非常不适应，所以他经常变装混迹到老百姓当中去。但当他受到比丘戒时，仓央嘉措跪地坚持不受，并表示只想做普通人，不想做达赖喇嘛。这件事被蒙古人抓住了把柄，报告给了清政府。皇帝下令立即将仓央嘉措押解进京，废其位，重新选六世达赖喇嘛。史书记载，押解过程中，仓央嘉措在青海湖边圆寂。至于他究竟怎么死的，没有任何考证。他圆寂后，老百姓非常怀念他，于是便流传说他跑去了内蒙古的阿左旗，一直修行到老。所以现在在阿左旗，依然有仓央嘉措的衣冠冢。但实际上，更大的可能性是仓央嘉措被杀害，成了政治的牺牲品。

因为六世达赖喇嘛圆寂了，所以清政府可以堂而皇之地重新选一个六世达赖喇嘛。但因仓央嘉措在民间的声望很高，老百姓坚决反对，为了安定民心，清政府决定寻找他的继任者，即七世达赖喇嘛。

寻找转世灵童需要上一任留下的一些线索，比如话语、遗物等等，并从这些蛛丝马迹中探索，但仓央嘉措被押解进京时没有留下任何东西，不得已只能从他的诗里找线索。其实有一首诗大致翻译成汉语是这样：“我愿化作一只仙鹤，不去很远的地方，飞到理塘就回了。”所以，七世达赖喇嘛格桑嘉措就诞生在理塘。

除了这首诗外，仓央嘉措还留下过很多诗，其中最著名的一首翻译过来这样念：“在那东山顶上升起皎洁的月亮，玛吉阿妈的面容浮现在我的心上。”了解西藏的人都知道，八廓街上有一个著名的餐厅叫玛吉阿米。很多导游到那里就会讲，这里是当年六世达赖喇嘛仓央嘉措会情人的地方，他的情人叫玛吉阿米，他非常想念他的情人，所以经常化装成老百姓，夜晚偷偷到这里和他的情人约会。其实这是杜撰的。那首诗翻译后是玛吉阿妈，不是玛吉阿米。玛吉阿妈的意思是没有生过孩子的娘。整首诗表达了仓央嘉措因讲经说法离开拉萨后，对班丹拉姆的思念。班丹拉姆是拉萨城的守护神，是佛教的护法神，直到现在，西藏都有一个传统节日叫白来日追，又叫白拉姆节，纪念的就是班丹拉姆。这是一个女性的节日，俗称仙女节。在这一天里，所有女性都可以带着班丹拉姆的塑像，在街上堂而皇之地跟任何不认识的男人要钱，大家为了求得来年好运都会慷慨解囊。因此班丹拉姆是拉萨城，尤其是拉萨城女性的守护神，当仓央嘉措想起了班丹拉姆时，就写下了这首诗，以表达他对护法神的想念、对众生的想念，而不是他的情人玛吉阿米。

但是大众似乎对花边新闻非常感兴趣，尤其喜欢活佛和情人的谣言。我经常碰到导游带着客人走到玛吉阿米门口讲，“这是仓央嘉措会情人的地方，你们看这个房子，整个八廓街的房子都是白色的，只有这个房子是黄色的。这个房子已经300多年没有粉刷过了。”在旁边开店的藏族大姐就会偷偷笑着说，每年11月都要重新粉刷一遍。事实上，玛吉阿米的房子之前是西藏商会的，后被安多的藏族老板包下来，开了这间餐厅。也不知道是谁编了这么一个谣言。但谣言不胫而走，到现在已经很难扭转了。但真正的仓央嘉措不是这样的，他写的诗都叫道歌，和佛教息息相关，而不是情歌。

藏红花是否源自西藏?

藏红花的学名叫番红花，是鸢尾科番红花属的植物，是三大高山植物之一，鸢尾科的颜色绝大部分都是紫色的。藏红花是紫色的，但是它入药的部分取自花蕊，花蕊是红色的，所以大家都叫它藏红花。它的主要药用价值是活血，是最好的活血药物。宫斗剧里演得都很神奇，稍微沾点藏红花，就流产了。实际上没有那么夸张，但孕妇禁用，因为活血容易导致流产，女性月经期也不能饮用藏红花。藏红花原产地是波斯，也就是现在的伊朗，早年间通过贸易传到西藏，由活佛或贵族到北京面圣时，进贡给明清皇帝。皇帝认为它是西藏产的，所以叫藏红花。

藏红花都是人工种植的，西藏这些年在尝试大棚种植藏红花，但西藏本地产的藏红花极少且品质不好，甚至可以理解为，西藏不产藏红花。现在国内市面上销售的所有藏红花都产自伊朗。从贸易的角度说，藏红花从伊朗运到国内后，就被直接运输到了西藏。所以，虽然藏红花不是西藏产的，但是在西藏也可以买到好的藏红花，而且价格相对便宜。全世界最好的藏红花是上海和浙江产的，但他们不会把这些藏红花运到西藏去，因为成本太高。

不是所有的虫草都叫冬虫夏草

冬虫夏草顾名思义，冬天是虫，夏天是草，既是虫又是草，它是虫和草的合体，是一种真菌。其生成的过程是，有一种蛾子在土壤里产卵，如果土壤里有虫草菌这种真菌，蛾卵被感染，幼虫在发育过程中，虫草菌就会在其体内繁殖。春天，当虫子应该爬出土壤、爬到地面上的时候，真菌已经把虫体吃死，并以虫体为根，发芽、生长。

冬虫夏草是一种药材。一般的中药材要么滋阴，要么补阳，但冬虫夏草是一种温补的药材，它既滋阴又补阳，所以非常昂贵。目前为止仍没有人工方法培育冬虫夏草。世界上的虫草有260多种，都是野生种。其分布和产地很广阔，我国大部分地区都有。但只有在青藏高原海拔3000-4000多米的区间内、蝙蝠蛾的幼虫所繁殖出来的冬虫夏草，才有比较明显的药用价值。也就是说，不是所有虫草都叫做冬虫夏草。只有特定的环境、海拔、蝙蝠蛾的幼虫，才能孕育出真正的冬虫夏草。

在拉萨的虫草批发市场上，今年中等大小的虫草一斤的价格，即便是断成两半的（断成两半价值会打折扣），价格也要超过5万。市面上会经常看到一些价格低廉、包装精美的虫草，这涉及虫草的品类和产地，不同产区的虫草营养价值和药物价值差别很大。现在最好的极品虫草产自青海玉树和西藏那曲，5万一斤的价格我指的是这两地产的虫草。

通常所说的假虫草，不能叫“假”，只是产地不同。还有一些陈年的虫草翻新，或者断了的虫草用胶粘起来。相对好辨认的是面粉做的虫草，不好辨认的是虫草的产地，没有多年专业知识很容易上当。产地的区分要从虫体的颜色、对足的形态等来区分。

拉萨有一个虫草交易市场，基本由回族人垄断。他们经常早上背着一大袋虫草到市场上卖，每个商家门口都放着又平又扁的筐，草民们会把虫草倒进筐里供大家围观看产地。业内人士一眼就能看出来，然后估一个价格。双方在谈价格的时候用比较传统的方式，大家把手缩到衣服袖子里，靠拉手来谈价格，以免让旁人知道成交价。

什么是真正的格桑花?

格桑花的藏语叫格桑梅朵，格桑的意思是幸福，梅朵就是花。格桑花就是幸福之花。它有广义和狭义两种定义，广义的是，藏族人认为草原上生长的所有野花都叫格桑花，狭义的特指某个品种。拉萨的市花就是格桑花，学名叫做翠菊，在中国绝大部分地区都有种植。大多数人认为波斯菊是格桑花，俗称八瓣梅，有八个花瓣。很多导游忽悠游客说，谁能找到八瓣的格桑花，就是幸运的人。但是，去看看吧，他们认为的格桑花，也就是波斯菊，都是八瓣的。

为什么人们认为波斯菊就是格桑花？因为它适应能力强，很容易生长。最初由非洲传入，被清朝的驻藏大臣张荫棠带入西藏，所以当时西藏的老百姓都称波斯菊为张大人花。现在，又有很多年轻人叫它垃圾花，因为这个花在有垃圾的地方长得非常好。波斯菊的花期很长，生长环境也很宽阔，所以很多地方都有。但拉萨市市花翠菊却非常少。翠菊和波斯菊的区别是，波斯菊是大花瓣，八瓣，以粉色和白色为主，翠菊是小花瓣，有紫色、白色、粉色、蓝色。其实，格桑花在西藏也并不多见，拉萨的罗布林卡里种了真正的格桑花，但大多数人，包括很多藏族人都不知道。

西藏市场上的牦牛肉干99%都不是牦牛肉！

到西藏旅行，大多数人都会带回牦牛肉干巴。但西藏市场的牦牛肉干99%都不是牦牛肉。因为牦牛肉的市场价格一斤大概在35—40元之间，一斤生牛肉只能出四两牛肉干。现在市面上销售的牦牛肉干一斤从50—90块不等，这个价格连成本都不够，所以是假的。因为市场的恶性竞争导致很多人无法高价出售真正的牦牛肉。西藏的风干肉跟牛肉干成本差不多，风干肉一斤300多，都是藏族本地人吃，他们吃的都是真的。如果牦牛肉干卖300多一斤，没有市场竞争力。所以有良心的商家用普通黄牛肉代替，没良心的就用猪肉。但肉是真的，只不过不是牦牛肉。

因为牦牛没有集中养殖批量屠宰，也不喂饲料，所以不可能有那么多批量生产的加工性食品。而且牧民养牦牛不会轻易屠宰，这对于他们来说是很重要的财产。牦牛全身都是宝，除了肉，牛奶可以做酸奶、可提炼酥油，酥油是牧民最重要的饮食来源，牦牛的毛可以做各种各样的纺织品，比如氆氇。氆氇做的帐篷在放牧时，即使下大雨也不会透水。所以在西藏可以买牦牛肉干，质量没有问题，只是大多数不是真正的牦牛肉。

真正的天珠为什么那么贵?

天珠是一种玛瑙，产自喜马拉雅山。大约在公元五六百年，也就是隋唐时期，被开采出来。天珠不是天然的，都是人工的。最初藏族人从喜马拉雅山开采出一种玛瑙类的矿，后经科学鉴定，它有一定放射性，虽非常微量，却是非金属类里放射性较大的。藏族的先民在佩戴天珠后发现，它有安神和调节内平衡的作用。再加之内地蚀刻技术的传播，藏地人开始对珠子进行精细加工。他们把珠子切成各种形状，以椭圆形和梭子形为主，然后烧到通体白化，再降温，后用特制的藏药粉末在上面绘制图腾纹样。天珠的九眼、三眼、两眼等，就是绘制出来的图腾纹样。不同图腾代表不同的社会地位。地位最高的，如国王和巫师佩戴九眼天珠，王公贵族佩戴六眼、四眼或三眼天珠，经济条件不错的人佩戴普通两眼或其他花纹的天珠，如宝瓶、虎牙等，天珠的名字根据其纹路的不同来命名。

天珠是非常名贵的制品，《新唐书》里记载，一颗天珠能换几匹马。马在当时是很贵的交通工具，相当于现在一颗天珠能换好几辆汽车。从隋唐到元明，都有天珠的制作。后来因矿越来越少，再加上配方逐渐失传，所以天珠也越来越少。此外，西藏自吐蕃王朝灭亡后就没有土葬，没有土葬就意味着没有出土文物。所以天珠属于传世文物。但天珠易碎，在传世过程中破损非常多。因其能入药，很多断裂的天珠被作为药材收走。因此，流传到现在，天珠的存量已经非常少。传说，全世界的天珠加起来也只有一筐。也就是说，从古代到现在，天珠都是给贵族准备的。

最便宜的虎牙天珠，小且完整的那种，价格在5-8万左右，好一些的十多万。就算是一个断裂的天珠，把它镶在戒指上，价格也要2-3万，甚至7-8万也有可能。所以，几千块钱的天珠，一定是假的。当年有一个僧人花100多万买了一颗九眼天珠捐到了大昭寺，现在镶嵌在释迦牟尼佛12岁等身像的帽子上，这颗天珠是无价之宝。80年代初期的西藏，据说以天珠为抵押物，可以在银行贷款。

现在的工艺品天珠，99%都在广州生产。广州有一个市场叫荔湾，他们从巴西进口灰玛瑙加工烧制后做成工艺品。西藏的地矿博物馆里卖的天珠都是假的，市面上99.9%的天珠也都是假的。

玛尼堆和“尼玛堆”到底是什么?

玛尼堆是刻有经文或佛像的、祈祷用的石头，被堆放在山口、神山或圣湖的旁边，往往和经幡放在一起。藏族人认为堆放玛尼堆、雕刻玛尼石是有功德的，都是修行的一部分，好多不懂的人经常说反了，说成“尼玛堆”。

有人说，西藏是一座没有围墙的石刻艺术和石头图书馆，如摩崖石刻、玛尼堆等，都包含着非常丰富的人文内涵。摩崖石刻就是刻在石头上的佛经、佛像等，它们有一些刻在悬崖绝壁或一面石头上。西藏最大的摩崖石刻在拉萨药王山后面，那里有一面墙被粉刷成红色，叫查摩卢湖摩崖石刻。经过几百年、若干代人不断地雕刻，形成了巨大的一面墙，有成千上万个佛像，很多人到那里去朝圣。

西藏为什么随处都能见到经幡?

经幡的藏语叫隆达，隆达翻译过来就叫风马旗又叫经幡，它是印有经文的纸片或布。常见的经幡由五个颜色组成，蓝色代表蓝天，白色代表白云，绿色代表水，红色代表火焰，黄色代表土地。挂经幡要选择好日子去挂，一般挂在山口处或风较大的地方。风吹动一次经幡，相当于挂经幡的人诵经一次。藏历新年的初三，家家房顶的经幡都要换新的。

藏族人穿藏装为什么只穿一只袖子?

藏装直接理解就是藏族的传统服饰，无论是老百姓穿的衣服，还是僧侣穿的僧袍，很多时候都只穿一只袖子。因为藏装的特点是长袍大袖，行动起来非常不方便。尤其是在牧区，这样的服装对于牧民来说很累赘，所以他们只穿一只袖子，把另外一只袖子绑到身上，起装饰作用，冷的时候就把另一只袖子穿起来，只是为了方便。

藏装的区别很大，整个藏族聚集区分为几个大区域，拉萨因非牧区且自古以来比较发达，所以老百姓穿的衣服相对朴素、贴身、颜色较暗淡。安多地区因有广大草原和牧区，服装多以宽大长袍大袖为主。康巴地区的上衣和裙子是分开的，相当于套装，颜色艳丽，跟他们热情奔放的性格也有关系。他们喜欢佩戴大型饰品，如女性常用珊瑚做头饰放在头顶，还有很多女性喜欢编小辫子，把绿松石放在头上做头饰。而阿里地区因地处偏远、与外界交流也相对较少，所以他们的服装一直延续了古代阿里服装的造型，没有太大变化。阿里女性的头饰像电视里秦始皇的帽子，前面有垂帘。

现在，在日常生活中，很少有人穿正式而复杂的藏装，一般在过节的时候才穿。

香格里拉到底在哪里?

“香格里拉”一词源于一本国外的畅销小说《消失的地平线》，作者是詹姆斯·希尔顿，他在书中提到了“香格里拉”这样一个世外桃源，引发了无数疯狂的人要寻找东方的香格里拉。但实际上，这是一个虚构的词汇，由佛教的“香巴拉”一词衍生而来。香巴拉就是极乐世界，香巴拉净土是藏传佛教里经常提到的一个词汇。詹姆斯·希尔顿在写这部小说之前看过一本游记，一个叫约瑟夫·洛克的植物学家，受皇家地理学会的委托到中国寻找杜鹃花种子，因为当时西方人非常喜欢园艺。全世界有800多种野生种杜鹃，其中600多种都生长在我国的横断山区，即滇西北、四川西部和西藏东部。当约瑟夫·洛克到达滇西北时，他抵达了木里，就是现在四川西昌，木里王热情地招待了他。

洛克对木里王说，“我来这里的途中，远远看见一座非常美的雪山，拥有金字塔一样的完美椎体，我想去看一看，这是我见过的最美

93
易捷
便利店
YAMAHA
SEVEN

的雪山。”木里王告诉他，那里匪患猖獗，建议他不要去。但由于洛克坚持要前往，木里王为保他平安，给了他一封信件。洛克想去的地方，就是现在的稻城亚丁。

但在当年，由于那里地处偏远，西藏的噶厦政府和清政府都鞭长莫及，所以匪患横行，当地绝大部分人都靠抢劫为生。稻城亚丁有三座著名的雪山分别是仙乃日、央迈勇和夏日多吉，直译是观音菩萨、文殊菩萨和金刚手菩萨，他们分别代表慈悲、智慧、勇气和力量，统称事部三怙主，藏文叫日松贡布。也就是说，在一个神山林立的地方，生活着一群强盗。当约瑟夫·洛克到达这里时，不巧天降冰雹砸坏了庄稼，于是当地人以他是异族带来了厄运为由，赶走了他。但他仍然记录了亚丁很多的风土人情和动植物。其中他写道，土匪经常去转仙乃日神山，转一圈可抵消七条人命。所以，那些人一边杀人越货，一遍转山消业，给自己一个心理安慰。詹姆斯希尔顿看到洛克的旅行见闻之后，便根据这些经历写了一本小说，小说里提到了香格里拉，东方的世外桃源。随着“香格里拉”一词的名气越来越大，又有了香格里拉酒店等一系列衍生品。

因为旅游开发的需要，中国西南很多地方纷纷争抢这个名字，最终，国家将该名给了云南中甸，于是中甸后来改名为香格里拉。但稻城亚丁人不服气，始终跟中甸人争执，都说自己才是真正的香格里拉。

真正的香格里拉究竟在哪里？真正的香格里拉在心里！

实际上，整个川西、滇西北和西藏东部的横断山区广大区域，它们的植被、自然环境、地形地貌特性综合在一起，才是真正的香格里拉。我们常说“大香格里拉”的概念，并不是单纯指某一个地方，而是整个横断山区。

藏族人真的一生只洗三次澡吗?

说藏族人一生只洗三次澡绝对是谣言。但在高原上的确不能经常洗澡，因为高海拔的地方蒸发量大，高原气候干燥，经常洗澡会导致皮肤干燥。所以当地很多人不经常洗澡。但是现在城市里的藏族女

孩，也有人天天洗澡。西藏还有一个沐浴节，就是专门洗澡的节日。沐浴节的时候，大家都会到拉萨河边洗澡，男女混浴。但在拉萨河边，大家穿的相对比较保守，可能因为游客去的多了，汉地文化也影响到了藏区。但过去藏族人洗澡都是裸着洗的，男女混浴。现在年岁大一些的人，仍然裸浴。

我第一次去日喀则的康布温泉，地处边境地区，一些境外的边民也都过来泡温泉。康布温泉在一条河边，这条河边共有13个泉眼，慢慢就形成了一个小镇。小镇在每一个温泉上面修一个小房子，没有房顶，只有围墙，为了挡风，防止感冒。每一个温泉都能治疗不同疾病。我第一次去时看见街上很多裹着大袍子和被子的人，他们都是洗完澡刚出来的。还有一个年轻的女孩，赤裸着上身，一边烫头发一边跟司机聊天。司机告诉我们，这13个泉眼治疗不同的病，然后指了指附近的一个温泉说，那个是专门治关节炎的，很多腿脚不方便的人会在这里泡一段时间。温泉的门口，插着很多拐杖，都是那些痊愈的病人留下的。我们很想去泡一下，但是因为水温太热，无法承受，所以决定换一间泡。

每个温泉房子的门口都挂一个红牌子，上面写着藏文，当时是免费的，现在可能稍微收取一点费用。

我们又走进一个温泉，一屋子男女都有，都没穿衣服。我们队里的女队员不好意思，想再换个温泉。于是我们走到了最远、小镇最边的一个温泉，进去一看没有人，而且水温刚好，大家就愉快地泡了温泉。等我们出来之后，司机坐在台阶上抽着烟，皮笑肉不笑地看着我们问，妇科病好了吗？他的意思是，我们去泡的这个温泉是治疗妇科病的。后来司机一见到我就问我，妇科病好没好。再后来因为游客多了，那些温泉门口的牌子就变成汉藏双语的了。

西藏人最爱的酒不是青稞酒?

藏族人爱喝酒。藏族人有一个传统习俗叫过林卡。过林卡就是大家带着吃的喝的去郊区草坝上吃喝玩乐，类似我们的野餐和郊游。每次过林卡都是从早上一直喝到晚上，而且因为他们使用类似白酒杯那种很小的杯子喝，一口就能干，所以你不觉得自己喝多了。藏族人最爱喝的不是拉萨啤酒，而是百威。拉萨有产啤酒，比如拉萨啤酒、青稞八度等，但因为度数很低，所以藏族人更喜欢喝百威。他们喝百威挑编号，易拉罐有小的铅印编号，批次有5F、6F等，藏族人把5F叫V5，6F叫V6，然后他们说，喝V5头疼，喝V6头不疼。西藏雪花啤酒也很多。西藏的雪花啤酒都是昌都产的，是所有雪花啤酒里最好喝的，可能因为水的原因。

青稞酒有不同的酿造方法，有的是粮食酒，即青稞白酒，有青稞米酒，度数较低。青稞酒在藏语里叫锵。喝青稞酒前要摇匀，因为里面有天然的青稞沉淀物。

总之，藏族人喝酒是以啤酒为主的。他们讲究三口一杯。当主人给你敬酒时，端过来一杯酒，第一次先抿一口，不要全部喝掉，主人会给你添酒。添满后再抿一口，再添，再抿一口。三口之后，再添满就要一口干掉。三口一杯是西藏的传统，很多人不知道经常连喝四杯。

过年的时候喝酒更讲究。藏族人用银边的木碗喝酒，碗边贴一点酥油，这是招待尊贵客人的意思。喝酒的时候，不用管酥油，直接把酒喝掉即可。

西藏传说康巴人能喝酒，但日喀则人不服气，认为自己才是最能喝的。很早以前我去珠峰大本营的时候，路还不好，有一个叫扎西宗的乡，离珠峰大本营很近。那里有一家人做家庭旅馆生意，他们家他爸爸最大的爱好就是喝酒，女婿是上门女婿。每到半夜，经常听到老头跟女婿喝多了吵架。有一次我的朋友去他家，跟老头一起喝酒，老头拿着我朋友买的珠子，做了一个假装扔在地上的姿势说，我朋友买的珠子不好。两个人喝了一夜，都喝多了，我朋友也拿着老头的珠子，做了假装扔在地上的姿势，但老头的珠子是真的天珠。后来，我们每一次去他们家，都会喝醉，没有清醒的时候。

古格王朝真的是一夜之间消失的吗?

说起古格王朝，很多人说它是一夜消失的王朝。实际上它并不是一夜消失的，但从鼎盛到分崩离析是一个比较突然的过程，且由于其地处偏远、历史记录不多，更显得神秘，导致很多人产生了这样的误解。

说到古格王朝，要从吐蕃王朝讲起。吐蕃王朝最著名的藏王松赞干布的统治时期，是吐蕃王朝开始逐步走向鼎盛的重要时期。松赞干布的重孙赤松德赞迎请了莲花生大师，开创了藏传佛教。后又历经了几代藏王，直到赤热巴金把佛教发展到鼎盛。最后出现了一个藏王名叫达摩赞普，赞普意为英武之王。但是，现在很多人称他为朗达玛，史书上的记载也几乎都使用朗达玛这个名称。这是一个蔑称，因为他进行了一次灭佛运动。

朗达玛时期，整个吐蕃王朝的社会经济开始逐渐衰退，王朝内部矛盾激发，农奴纷纷起义。因为大家都想去当僧侣，从事劳动生产的人越来越少，朗达玛在一些旧贵族的支持下，开始扶持西藏的原始宗教苯教，并拆毁寺庙，把佛教徒赶尽杀决。这一行为激起了众多僧侣的反抗，其中山南的拉隆寺有一位名叫白玛多吉的僧人，想去当“荆轲”，行刺朗达玛。传说朗达玛在一次游猎过程中，白玛多吉身穿黑色袍子，骑着黑马，一箭射死了朗达玛。后来他被朗达玛的随从追杀，在经过拉萨河的时候，被河水冲刷，变成了白衣白袍白马，消失得无影无踪。

当然，这只是个传说。但朗达玛的确因为灭佛行动被佛教徒刺杀了。他死后，加之这个王朝多年积蓄的内部矛盾，整个王朝土崩瓦解，他的两个儿子为了争夺王权不断混战。混战了几十年，也没打出个所以然，直到孙辈仍然继续混战。那时有一个孙辈名叫吉德尼玛衮，战败后被赶走，一直西逃到阿里。那个时候的吐蕃王朝并未强大到能控制西藏所有地区，所以，阿里地区实际上处于强大的部落联盟王国的统治下，就是象雄王国。在《新唐书》和《旧唐书》里都曾提及大小羊同，羊同就是象雄。阿里地区由当时的象雄地方官治理。当吉德尼玛衮逃到了现在的阿里的扎达地区后，投靠了这个地方官，并娶了他的女儿，入赘在这家，后继承了全部遗产和管控势力。

吉德尼玛衮把这块地区经营得非常好，使得这里越来越强大。当他去世时，把土地分封给了三个儿子。大儿子占领了拉达克，即现在印控的喀什米尔地区。二儿子分到了普兰的一片区域。小儿子继承他的王国，在扎达，叫布让，至今在古格下面仍然有一个村子叫扎布让。小儿子在这里不断发展壮大，古格王朝逐渐兴起。

古格王朝的第二世国王益西沃是一个虔诚的佛教徒，他在做了一些年国王后便把王位禅让给后人，出家了。基于此，佛教在国王的大力支持下重新兴盛起来。益西沃去印度迎请高僧，把佛教的经典带入到西藏。据说，他当时在印度花掉了和大师身体重量一样的黄金，才把阿底峡大师请来。此时的古格王朝人才辈出，一位叫仁新桑布的大译师，把印度的梵文经典翻译成了藏文。在这些能人志士的努力下，佛教重新兴盛起来。因此古格王朝早期，修建了八大寺庙，第一座就是托林寺，现在在扎达县城。托林寺是仿照桑耶寺的规制修建的，是标准的坛城的形状。其名字翻译成汉语叫“飞翔在空中永不坠落的寺庙”。

八大寺庙修好之后，经过历代国王的扶持，古格王朝变成了佛教圣地。他们开始分两路来传法，一路去青海安多地区，另一路就去卫藏地区，因此称为上路弘传和下路弘传。在古格王朝对于佛法的大力传播下，整个西藏腹地的佛教才终于重新恢复了。这件事在佛教历史上非常重要，并以此为历史断代，这件事之前叫前弘期，此后叫后弘期。如果没有古格王朝，西藏佛教或许就断代了。

现在，我们从古格王朝遗迹的壁画里，能够看到当时佛教鼎盛时期的样子。都说敦煌莫高窟的壁画非常精美，但那些壁画蓝色运用得非常少，因为蓝色是青金石制成的，青金石非常贵，当时全部需要从阿富汗进口，所以绘制一个窟的时候蓝色用的不多。如果你去看古格的壁画，比如东嘎皮央壁画遗址，整个殿堂里边几乎所有底色都是蓝色。当时的壁画颜色很少，只要四种颜色，但搭配起来极致精美，每一尊大约10公分的小佛都不一样，从脚下一直到房顶。

不止佛教，古格王朝给后世留下很多东西。他们的冶炼技术是登峰造极的。史书里记载，当时的古格可以制作一种名为“古格银眼”的佛像，整个佛像是铜铸鎏金的，眼睛是银质的，可以在眼眶里灵活转动。把金银铜等金属无缝焊接在一起，就算使用现在的工艺，也是不容易的事。但在当时这一技术已经运用到了“古格银眼”佛像中。由于没有人见过“古格银眼”，故大家一直认为这只是传说。直到1992年科考时，在东嘎皮央的地下挖掘出一尊观音菩萨，就是用这样的方法铸造的，这样的技术才被证实。

因此，无论从艺术成就，还是对佛教的传播，古格王朝都具有极其重要的历史地位。

古格共传了约20代国王，但为什么大家都说它是一夜之间消失的？这不得不提到他的末代国王。古格末代国王生活的年代相当于清早期。史书记载，一个葡萄牙的天主教传教士来到了这里，引起了国王的好奇，便打算将这种新的宗教引入国内，并在全国推行。这一举动遭到了旧势力的强烈抵抗，国王的弟弟，甚至向他们的“邻居”拉达克求助，想要借助拉达克的力量把国王赶下台，恢复古格的佛教传统。于是他们里应外合推翻了古格王朝的统治，他们不但把国王赶下台，而且消灭了整个古格王朝。

现在，在古格王宫的遗址下边，有一个不大的干尸洞。离地面约1-2米高，洞口不深，里面有很多尸体和衣服碎片，但没有头骨，传说那里是古格王朝最后的抵抗力量，为了保护国王，他们被禁卫军抓起来，砍掉头颅置于此处。由于古格王朝特殊的地质和气候，使得这些尸骸变成了风干的干尸一直保存。至于他们是否真的是古格王朝的

HUMOR

最后一批人，目前无从考证，但肯定是古格时期留下来的。因此古格王朝并不是一夜之间消失的，因为战乱和水源的逐步减少，使得居民逐渐迁移。

尽管古格王朝消失了，但它精妙的石窟壁画却被几乎完好地保存了下来，如果你到古格王宫里参观，就会看到它有多震撼人。阿里是不产木头的，所有的木头都是从印度运来，经过拼接榫卯结构衔接用于建筑中。古格王宫遗址的木质结构，都是无缝对接的，工艺登峰造极。其天花板的全部绘画内容都不一样。

这就是为什么大家都说，不到阿里等于没去过西藏。因为阿里除了神山圣湖无限风光，更重要的是古格王朝留下的辉煌文明，它可以告诉你，西藏究竟有多么久远的历史。

水调歌头　悼念儿翀

文　李翀爸爸

今天是吾儿李翀走了以后“五七”之日。我怀着无比悲痛的心情填下这首《水调歌头》，深切地悼念儿的在天之灵，以表达我和他妈妈对儿子深切的怀念以及无尽的哀思。

丁酉六月五，

痛失吾儿翀。

五内如焚天殇，

霹雳晴天轰。

一心向往西藏，

终成神之孩子，

人称西藏通。

西藏假想敌，

一辈善真荣。

沤真心，

沥鲜血，

万千功。

十三载做公益，

犹如云中龙。

亲历探寻著说，

皆为西藏推介，

离别痛失翀。

儿逍遥于天，

父悲痛由衷。

2017 年 8 月 1 日

中秋之夜思念吾儿

文　李翀妈妈

2017年10月4日。今天是中秋节的晚上，每逢佳节倍思亲。我想念儿子，泪水浸湿了双眼。我唯一的儿子走了，去了很远的地方，从此我再也见不到他了。或许只有在梦里，我才能与他相见。

儿子，妈有好多话想跟你说。你一年到头在家里待不了几天，你的心思都在西藏，对藏文化的痴迷、对这方净土的热爱，妈都看在眼里。你为贫困山区得了大骨节病的村民捐送大米，不怕一路的艰难与危险。在家从不干活的你，居然肩扛大米，那可是在4000多米的高原上啊。我在微信里给儿子点赞，我说，“儿子，你好棒。”在阿里，你为那里的孩子送去过冬的衣物棉鞋。你帮助了很多藏族朋友，他们视你为好兄弟，你为传播藏文化做了无数次演讲，全国各地都有你的

足迹。你总是说忙，时间宝贵，你把毕生的精力都献给了那片神圣的净土，唯独忽略了你的亲人。

2017年6月27日，你把年轻的生命永远留在了阿里。爸爸妈妈好想好想你啊，儿子。你还知道吗？记得五月西藏旅游局全国推介会请你去演讲，你刚刚回到北京待了两天就走了。你的同学还说："你妈还没看够你呢。"可谁能想到这一走竟成了永别。我不相信，这不是真的！然而时间就永远停留在了那一刻，再也回不到从前。爸爸妈妈为你流干了眼泪，心好疼啊。因为你是我们的唯一。

你小的时候非常聪明，跟妈妈出去时总爱问很多为什么，家里的地球仪是你最爱的玩具。那个时候的你，又懂事又听话，可谁知道慢慢长大后的你就像长了翅膀的鸟儿一样，飞走了。飞得那么高，那么远。忽然有一天就再也不回来了。你带走了我们的所有希望，什么都没留下。我们的心也碎了。虽然你的生命只有短短37年，但我知道，你赢得了无数人对你的称赞。他们忘不了你的名字“西藏假想敌”。爸爸妈妈虽然经常为你流泪，但也为你感到骄傲。

你是我们的好儿子。

2017 年 10 月 4 日中秋

我和哥哥

文　李翀表妹刘甜甜

他们都说你是神的孩子，你是西藏的新阿里王，但在我心里你只是哥哥。我多么希望时光回到从前那些总能见到你的日子，回到那无忧无虑的童年，我们都还小，父母们也都很年轻。

从小你就特别聪明，记得你家有个大大的地球仪，你特别喜欢，指哪儿你都能说出来。在我们这些弟弟妹妹眼里，你什么都懂，你总有很多新奇的想法，我们就是你的跟屁虫，天天跟在你屁股后面，听你指挥。

小时候大家一放假就去姥姥家玩，你带着我们在房前的菜地逮蚂蚱，拿打火机烧一下说，这是烤蚂蚱特别好吃。开始我们并不敢吃，你吃了一口说太好吃了，我们就抢着吃，还边吃边说真好吃。所以，从小到大成了习惯，你说好的东西我们坚信不疑。

小时候的所有游戏你都会玩，都玩得特别好。你喜欢打到通关跟我们显摆，我们坐在旁边看着你玩总想学两招，每次还没反应过来你就过关了。你看着我们这些弟弟妹妹对你的崇拜，笑得很得意。你知道吗？你那股自信骄傲的样子，让我们觉得你特牛。

从小你就臭美，夏天我们一起去小鹿雕像拍照，你拿姐姐的粉把脸涂得白白的，还画了红嘴唇。却说我小，不能画，只能在脑门儿上点个红点儿。那次大姨说，你像从面缸里捞出来的似的，逗得我和姐姐一路笑你。那天我们拍了很多照片，我们都笑得可好看了。多希望我们老了还回到那里拍张合影。如今，你走了，连个合影的机会都不留给我。

从小到大，作为哥哥你教会了我很多。过年时你教胆小的我放二踢脚，吓得我手抖怎么都点不着。你教我煮方便面时盐包要最后放才健康。在地铁总站碰到你，你总会抢个座位给我。我结婚，你告诉我婚姻是大事，要幸福。每次见面你总是关心我摄影有没有进步，鼓励我做自己喜欢的事情。后来你去了西藏，你越来越忙，见你的次数越来越少，但是就算见面再少，有你这个哥哥，心里总是踏实的。

你说有事给你打电话，如今你却再也不会接我的电话了。你说你回来就是为了看看我们，如今你却再也不会回来看我们了。你走得那么匆忙，你可知我们有多不舍、多伤心。你做了自己喜欢的事情，你帮助了那么多人，你真的很棒，但是我们真的很想你！

2018 年 1 月 12 日

我想再听你暖暖地喊我小姨

文　李翀小姨

大年初二，北京。

楼前下车就看到了你。

你说：“好久不见！”

我说：“你终于回来了。”然后，我们送给彼此一个大大的拥抱。

辈分是个神奇的东西，那些年龄比我大但辈分比我小的孩子里，只有你会特别暖地叫我一声：“小姨！”

午餐席间，你抱着我刚满两岁的儿子玩。我对你怀里的小子说：

“宝宝，他可是你的大哥哥哦，他比你大35岁！”

时间总是匆匆地过，除了看朋友圈里你发的那些让我欲罢不能的藏地美景之外，便只是偶尔寥寥数语的问候。虽然对于我的问候你

总是及时回复，但我知道你忙，忙着整天东奔西跑地发展你热爱的事业，忙得你都没时间回来让我们好好看看你，好好和你聊聊天。

2017年6月27日，不知为何，我的心情坏得快要跌在地上。28日下班回家进门的一刻，意外地看到了朋友圈里的一张死亡声明。我以为自己看错了，可是在那些文字里，我真真切切地看到了你的名字：翀。

我多想再好好看看你，再听你暖暖地喊我小姨，可是，再也看不到，再也听不到了。你的离开，让我觉得太不真实，我总要努力地调整思绪，再让事实像石头一样重新压在心上，闷闷的，透不过气。

今天，你回到拉萨了。再过几天，你就要回到我们身边了。好好的，我等着你回来。

2017 年 6 月 28 日

我最爱的朋友，
你在天上，要平安祥和，
我在人间，会惜君如常

文　路佳瑄

十年前，我因一些事情要联系个朋友，不想却加错了QQ号。屏幕另一端的人，就是我接下来要讲的故事的主角，我故去的好友李翀。

后来我告诉他，我不是故意要找他套瓷儿的，我只是加错了人。他说他当然知道不是，说像我这样的作家，又是名人，没那么无聊。可我们还是认识了，并说好了要做一辈子的好朋友。

李翀是北京人。他在魏公村帮一个藏族姐姐打理一间藏餐厅，当

然，他也有那个餐厅的股份，虽然后来那个姐姐去世后，她的亲戚霸占了餐厅的同时强占了李翀的所有股份，但这事可以按下不表，因为李翀始终都不在意跟他自身利益有关的任何事。所以，继续讲我们的故事。

我们第一次见面是他邀请我去藏餐厅吃饭，他说他会亲自下厨给我做藏餐，但都是改良过的藏餐，为了更能够符合汉族人的口味。他的厨艺很好。那天我们聊了很久，内容全部关于西藏，我们是同样热爱着那片土地的两个灵魂。

那不久我去了阿里，自驾大北线。到了玛旁雍措时，也不晓得当时搭错了哪根筋，忽然就跪在湖边号啕大哭起来。我清楚地记得时间大概是晚上9点多，西藏的太阳正准备落下，我给李翀打了个电话，什么也不说，拿着电话就声嘶力竭地哭。他也什么都不说，只是安安静静听我哭。也不知道我哭了多久，反正太阳已经落山了，我停了下来。他说，哭够了？我说，嗯。他说，哭够了心里就痛快了。打那次之后我被惯出了坏毛病，只要不开心就给他打电话，让他听我往死里哭。可是这个刀子嘴豆腐心的家伙后来对我越来越不客气了，每次等我哭够了，他都说，说说吧，怎么回事？等听我说完我的事儿，他说的第一句话永远是，要我说吖，你活该……然后巴拉巴拉巴拉说一堆。听他说完我又开始号啕大哭，我说，你就不知道哄哄我吗？他说，哄你的人还少吗？哄你有用的话，我马上哄。我现在是在给你分析这个事儿，等你想明白了，你就不哭了。我知道他说的是对的，他也只是用最理智的方式让我意识到我的错误，并迅速回归。所以无论这十年间他如何骂我，我还是一样找他哭。

我们相识的第一年，他过生日我送了一个皮质手环给他，他戴了很久很久，很是喜欢。那以后，我每年都会送他生日礼物，成了习惯，慢慢也就忘了送了些什么。我生日的时候，他送了我一支烛台，说是藏族人送他两支，我们俩一人一支。直到现在，我仍能在他的家里看到那烛台，只可惜，那里再没有他。

后来有了新浪微博，李翀注册了一个账号，叫西藏-假想敌，专门发一些跟西藏有关的内容。他是个善良热情又细心的人，总是无条件给所有找他咨询的人提供最大的帮助，并在西藏带队带着大家玩。

至于费用嘛，大家AA。很多人曾经提醒他，他可以适当收取一些领队费，毕竟那是个苦差事。但他每次都大大咧咧地说，不用了，没几个钱，没必要。但是所有人都知道，在西藏做导游有很好的收益，绝不是他所谓的“没几个钱”。因了他这样的好性情，他越来越有名、越来越红，终于成了西藏旅行圈里最有名的人。去西藏的旅行者，大多都接受过他的帮助。那个时候他建了好几个QQ群，每个群里都有几千人。他迅速变成了网红，成了西藏圈里最红的敌大大和假老师。可在我眼里，他只是我的好朋友，李翀。

这以后的很多年，一年有半年时间他都在西藏带队，冬季到次年春天西藏旅游淡季的时候，他才有空回来北京跟我们玩。我这种恶作剧成性的人总喜欢用各种方法欺负、捉弄他。有一次我、他和薛韬在上岛聊天，我忽然在他几千人的QQ群里说，我是你们敌大大的女朋友。一时间，原本活跃的群一下变得鸦雀无声，他的女粉丝们瞬间就石化了。后来有管理员说她不信，让我退群重新申请，他们几个管理员都不做任何操作，如果我能在30秒内让李翀审核放我进群，她们就信我。我说，我只需要5秒。那天，我和薛韬都笑死了，李翀坐在我身边，他一脸苦相，因为他根本不敢不放我进群。现在他走了，这样弱智儿童欢乐多的玩笑，以后怕是再没机会开了。

随着李翀越来越红，他也变得越来越忙，连冬天都不回来了。不断有人找他帮忙或者谈合作，当然，也有越来越多姑娘扑他。他也偶尔会讲一些趣事给我听。比方他不认识的妞爬楼翻墙撬了他房间窗户，在房间等他，他后半夜回来吓一跳。但仍旧礼貌地给人家姑娘送回酒店，安置好。诸如这种奇葩的故事和人，总是层出不穷，他渐渐也就习惯了。

至于我们都热爱的西藏呢？其实我们能一起在西藏的日子并不多，不是我来了他走了，就是他来了我走了，大多数时间只能在拉萨碰头再分开。我从不加入他的社群和粉丝帮，也很少与他同行。可即便如此，我们也一起去整个山南地区、喜马拉雅腹地探了路，最远到达扎日，离中印边境麦克马洪线只有5公里的地方。这一路，导航导不到，地图上没路，我们一路在悬崖边摸着路走。出发前我们并不清楚，但去了才知道，因为兵站太多，所以导航不会示意出。但这并不

会难倒我们，因为我们身边有一个对西藏了如指掌的天才，他可以找到地图上没有的路，而且每次判断都准确无误。

那次我们到了加查，等薛韬过来汇合。他订房间时出了一些问题，他很生气地挂了电话说了句“缺心眼”。可我以为他在说薛韬缺心眼，直接就跟他吵翻了，无论他怎么解释我都不肯听。最后他怒了，差点把桌子掀了。那是我们相识这么多年唯一一次吵架，也是他唯一一次跟我发火。后来他曾很多次认真地告诉我，路佳瑄，我是真的一直都那么喜欢你。可是你太强势了，我们在一起肯定会撕。我不想跟你撕，因为太珍贵，所以我们做一辈子的好朋友。我说，好，做朋友可以一辈子不分开。

我们探路到扎日，最窄处车轮一半在悬崖外，吓得我紧紧抓着他的手。他说没事儿没事儿。那是我们认

识那么多年，仅有的一次紧握着对方的手，其他时候虽然习惯性打打闹闹，却无任何哪怕肢体上的接触。终于到了中印边境离麦克马洪线5公里的小村子，连个招待所都没有，我们就住在藏族人家里。半夜他忽然说，路佳瑄，我想拉屎，你陪我去拉个野屎。我说好。我们摸黑蹲在小土路两侧草丛里，要如何形容那种黑？别说我看不见他的脸了，我连自己的手都看不见。可就在那个漆黑的夜，忽而一队兵过，吓得我立马屎意全无，提着裤子就往回跑，他却拉得气定神闲，毫不在意。拉野屎这种事，在深藏区没有厕所的地方，也算是经常的事，以至于我每次在西藏待一段时间回家，如厕后总不记得冲马桶。

这些年，我常说，李翀你写本书吧，我给你出版。他说不行不行，我还需要更多积累。终于在2013年，他说，路佳瑄，我觉得我可以出书了，你帮我。我说，好。他说，我连一台好用的电脑都没有，我的电脑太慢了，根本无法处理那么多图片。我说你把我的拿走。直到现在，我还能在李翀家看到那台小小的Thinkpad电脑。李翀的父亲说，那是他们从西藏带回来的、除了手机以外李翀的唯一财产。可是当他出事之后，那台电脑就再也无法开机了，虽然李翀的弟弟送修了很多次，但始终未果。于是我相信，这台曾经属于我的电脑，陪着李翀一起离开了。

2014年由李翀著写、我作为选题策划的《神的孩子都要去西藏》一书，终于由中信出版社出版发行了。其销量自是不必说，是中信加印超过十几次的大畅销书。前些日子，李翀还给我打电话说，他又新增很多线路，他想改版，等他回北京之后跟我讨论。可我还没等到他回来，我们需要讨论的书也还没有做，他就出了车祸，离开了我。不成想，这一本书，竟然成了绝笔!

虽然喜欢李翀的姑娘很多，但他却不是个滥交的人，要么认真交往一个女朋友，分手了就继续单身。他曾经很多次跟我聊天说，感情这种事儿，并不会占据他生命的主导，也不是他最关注的。他把他全部的爱都给了西藏。可就算这样，他也有几次不太成功的恋爱。最后一次是去年。我记得当时他买了戒指准备求婚，在我和薛韬的面前炫耀。我冲过去，一把抢了他的戒指就要扔出去。如果不是薛韬在旁边拦着，估计他的求婚戒指就被我扔了。那个时候总有一种不好的感觉，我说那个女孩不好、不靠谱、不能要。果不其然，最后他们分手了。理由是那个姑娘和家人嫌他穷。当他看似轻描淡写地把这个事情告诉我的时候，我想这一次，我终于可以报复他了。我说，分了好。你活该！我早就知道她是这样的人，这种嫌贫爱富的货，她不懂你，又怎么能配得上你。

李翀把他的全部身家都献给了西藏。为了救治边坝县的大骨节病患儿，他一次又一次往边坝县送去几十吨大米。他找我跟他一起给几个学校捐图书馆。他给阿里贫苦的孩子们送过冬衣和棉鞋。他对西藏做旅游的所有司机都很好，给钱送手机或者其他各种他有的礼物。他得到的好东西，只要他的朋友喜欢，他都慷慨大方地拱手相赠。这几年，为了做藏客这个公司，他把所有钱都花进去了。甚至有次给我打电话说，还不了信用卡了。我说，我来还。这样善良纯净金子心的男人，他拥有这个世界上最宝贵的财富。他值得得到所有人的尊重和爱。只可惜那个肤浅的女人，她看不懂。

这些年，白玛姐一直说，你们俩最般配，怎么就不能在一起呢？所有跟我们熟识的朋友、兄长姐妹都知道，他对我最好。今天在机场遇见郑哥，一个跟他在一起多年的大哥，他说，你不是去

土耳其了吗？我说，我不去了，机票不能退，废就废了无所谓。李翀出事了，我要来见他最后一面。什么事都不如他重要。郑哥说，够意思。不是我说你啊路佳瑄，你别怪我多说你两句，这些年李翀对你真是好……我何尝不知，我何尝不知，我何尝不知！

可我们心照不宣，我们要做的是一辈子最好的朋友。谈什么情说什么爱，情爱在我们眼里都太低级。我们之间，超越朋友、恋人、合作伙伴、亲人，甚至生死，我们是这世上所有关系的总和。我们的感情，就像西藏的土地一样辽阔宽容，闪闪发光，就像西藏的神山圣湖一样彼此相伴，不离不弃。可是现在，他在阿里出车祸走了……那么突然，连招呼都不打一个，就像十年前我加错他的QQ，意外走进他的生命一样，他给了我一个更大的意外。骗子！说好的做一辈子好朋友呢？怎么忍心离开我？

知道李翀的大多数人都说，他可真是个好人，说了无数无数他救助别人的事。可在我眼里，他会发脾气，想不开了会打电话跟我玩命抱怨某人怎样怎样缺心眼，会不需要顾及面子地告诉我他没钱了，会忍受我的所有欺负和挑衅，会耐着性子哄我、跟我道歉认错……他之于我，从来都不是他们口中说的闪闪发光、无所不能、有趣搞笑、善良乐施的敌大大，他就是我的好朋友，一个有血气有情绪有弱点的铮铮男儿。

他们都说，世事无常，路佳瑄，你不要哭。他们不懂，我不怪他们。你在我心里这么重要、这么特别、这么珍贵，我要怎么才能止住眼泪。我们从来不提思念，我们都懂的，这十年我们把彼此放在心里，已经放成了习惯。

我曾经在我的书里这样写过：如果你真的爱一个人，就努力死在他后面。因为难过的，永远是活着的人。就像现在，我要用一辈子去思念李翀。

我现在所能讲的故事，比起我们彼此相伴的失眠，真的太少太少。发生在我们之间的故事，又岂止这一点点。我讲也讲不完，我甚至不敢回忆，不敢看他的照片，不敢想他跟我说的话。

这尘世，本就纸短情长。我最爱的朋友，你在天上，要平安祥和。而我在人间，会惜君如常。这一生，只要我在，定会照顾你父母周全。下辈子，你也不要忘记我，我们再做一辈子朋友，可好？

2017 年 6 月 28 日

回到有光的世界

文　中信出版社经管社主编《神的孩子都要去西藏》编辑石北燕

不知道该从哪儿开始写。于是在日记里搜“李翀”，搜出来最后一篇是2017年6月28日。

那天的日记只有五个字：李翀出事了。

还记得那天中午吃完饭，照例准备刷会儿手机就趴下眯一会，结果看到了老潘的朋友圈。不敢相信，立刻微信过去，得到回复“车祸，昨夜离世”。空气里嗡的一声。果不其然，不一会儿佳瑄的电话就打过来了，听她哭，仿佛她的眼泪也跟着声音从手机那头涌了过来。我在工位上屏着气不敢说话，后来不得不跑到楼梯间跟她对着哭。不久前还说要筹备书做新版的事，怎么说走就走了呢？

这也是我到今天一直觉得最亏欠他的地方。因为攻略信息变化太快，《神的孩子都要去西藏》每一次加印他都要发来一个十几页的word，一条条标记出哪些路况又变了，哪条路线又新增了，哪个号码又改动了。这书前前后后加印了9次（截至2017年6月），每一次都做了大量修订。搜到一条2016年3月11日的工作笔记：“上午核西藏的稿子。李翀改得好细心，而且还考虑到串页不串页的问题，工作量巨大，心生敬佩。这才叫作者。”那次我光核红就核了快一天。尽管已经尽最大努力修订，但他还是怕书里信息过时会影响读者使用，所以一直想在2017年能出个新版，从信息内容到设计排版全部调整，希望做成像《PL西藏》那样更加便携实用的工具书。他跟我仔细讨论过重新设计编排需要的工作量。为了能准确呈现他想表达的意思，他甚至想亲自来排版。

“你有那个时间吗你？”我呲儿他。又要勘测路线，又是创业的。

“闭关俩月，怎么着也能弄出来了啊。”

于是就这么等着他先准备内容，等成了永远的遗憾。

说实话，很少有作者在书出版后还对内容这么上心的。毕竟因为出版时差，攻略信息无法实时同步，读者也不会太苛责，但他觉得那样不够负责任，所以有机会就一定要改过来，书里没法改的就在微博上随时更新修订。微博是他最活跃的地方，他在上面回答网友各种关于西藏的问题，规划路线，疑问解答，不管认识的不认识的，都答得特别认真。用他的话说，作为一个职业旅行者，最应该做的就是把有用的攻略带给大家，而不是天天秀自拍。也正因为这样，才能聚集80多万死忠粉。2015年5月底在三里屯PageOne的新书分享会，很多粉丝都是专门从外地赶来，那次真是让我见识到了他的影响力。那天日记里记的：“李翀裤子开线，开场前十

だるま

分钟现去买了条裤子，让我笑好一会儿。在以这种奇特的打开方式登场后，完全hold住全场！敌哥实在人，从头到尾也没有青春啊梦想啊之类的口号，但那些欢乐的、有趣的、感人的旅途故事，个个触动人心。真的正能量。”还记得抽奖环节全场手机摇一摇，整个书店里唰唰唰唰响得堪称壮观。“相逢的人会在西藏再相逢”，最后，大家在同一时间把这条短信发给李翀，我站在书店后排看着那些高举的手臂，有点儿想哭。

不煽情但常让你感动，不刻意搞笑但又让你觉得很搞笑，这好像是李翀身上一种奇特属性。2015年6月份他来社里签书，一千多本，原本以为一下午齐活儿，后来他吭哧吭哧签了两个半天才搞定。那次聊天才得知他的经历搞笑到有点神奇：计算机专业，卖过电脑，开过公司，还跑到药厂做过推广员，因为听妇科专家讲课讲了无数遍，自己也成了妇科专家，还冒充专家讲了一堂3000人的大课。那个治疗妇科病的温泉真不是白泡的（他在分享会里讲过一次去泡温泉，因为不懂，先去泡了个治疗妇科病的温泉，后来传为佳话）。拿了育婴师资格证，开过饭馆，还当过小学老师。现在专心西藏事业。我当时七七八八记了一长串，最后羡慕地总结：“生命真是多姿多彩，有意思。”

想想从做《神的孩子都要去西藏》认识他以来，真是见识和参与了太多有意思的事。比如第一次见面，跟佳瑄、姜帆、妍丽还有他一起在云海肴吃饭，聊众筹捐大米的事，后来他们筹款成功买了50吨大米自己给送去。一次在对外经贸东门小吃街的日料店，他像哆啦A梦一样从包里掏出一个漂亮的尼泊尔铜果盘。还有一次在旺顺阁吃涮锅，给我科普了大半天砗磲……似乎次次都是在吃吃吃，而且次次是他请客，有种北京人的周到体面，这种周到又不会让你觉得囧，我也就从开始的不好意思到后来心安理得蹭吃蹭喝。我甚至还能想起他那个有点二的语调："我月底就回北京了，到时候约饭啊。"前年五月份他还从云南寄来两包鲜花饼，特意解说是纯手工无添加，鲜花都一瓣一瓣的，不甜不腻，好吃到飙泪，一定要我好好品尝。我们都说，他看起来好像一直在吃吃喝喝，四处逛荡，无拘无束，但不知道什么时候就做成了很多特难的事，比如跋山涉水一趟一趟开发藏游路线，比如每次图书加印时迅速发过来的十好几页的修订内容，比如从2013年开始每年给边坝大骨节病儿童捐赠大米，给藏区孩子捐棉衣。

记得他发过一条朋友圈：人人都羡慕你异彩纷呈的生活，其实我

只是走了一段又一段艰难的路。

我们都以为，这条艰难的路他会就这么吊儿郎当又坚定无比地一直一直走下去，就像毛不易《消愁》里唱的，不回头地逆风飞翔，心头有雨，眼底有霜。《消愁》这歌我一直不太敢听，每次听都觉得就是在唱李瑚，这歌简直就是为他写的：

一杯敬朝阳，一杯敬月光，

一杯敬故乡，一杯敬远方。

这些年的朝阳月光一路见证，

西藏一直是他的远方，也成了他的故乡。

一杯敬明天，一杯敬过往，

一杯敬自由，一杯敬死亡。

最终他还是留在了那片他最爱的土地上，南北的路从此不再漫长，灵魂不再无处安放。

李翀，说实话有时候很气他的选择，一次次死里逃生为什么还那么不懂得惜命。

但有时候又很羡慕他，天地间有那么清晰的召唤，始终知道自己要去哪、做什么、为了什么。

“回到有光的世界去”，他朋友圈的签名档一直没变过，以后也不会变了。

我知道这是他想跟我们说的：

也许人生都是匆匆离场，但没关系，只要心头不止有雨和霜，还有光。

2018 年 4 月 10 日

你没有走，真的没有走！

文　索以

从昨天事发到现在我一直不能平复自己的心情，不想说话，看着大家的问候，不知如何回复！你就在我身边，你的手机不停地响，可是我不敢接！

我们因为西藏而相识，一转眼就是6年。你说你卖过电脑、做过讲师，还是妇产科讲师。我说你不做传销真是可惜了。你每次开分享会大家都掌声不断。所有这些的背后只有我知道你付出了多少。

你说西藏就是你的整个世界，你把13年的青春给了这里。我说自打认识你，西藏也成了我的世界。他们总是调侃我们是好基友，我说也是，这么多年，有你的地方就有我。我就是你的摄影器材。

我们是最好的搭档，你画地图我设计，你开车我拍片。有时候我

发朋友圈大家问这是哪里的时候，我只能说不清楚。因为我真的不清楚，我知道我可以随时问你。每次你给我讲那些藏传佛教的东西时我总是记不住，因为我可以随时问你，可是现在……

人活一世难得有知己，你是我最好的兄弟，我们之间的默契无人能懂。你说开公司，我默默支持你三年。你说公司有点问题，我义不容辞帮你走出困境。你说开店，我想尽办法让它走上正轨。你说想去什么地方探路，我说没问题，我来拍照，你安心开车。

我们每到任何一个城市，你比当地人还了解地带我去犄角旮旯里找好吃的。我总是和朋友说你比当地人还当地人。可是在拉萨，你总是不吃饭，你说就这么几家都快吃吐了。你说要吃海鲜大餐，我说来珠海保证管够。

你说要做公益，我全力配合。你还记得咱们俩在昌都找车去边坝吗？两个人在昌都居然搭不到车，我还开玩笑说你这个西藏大咖在昌都也不灵啊！你还记得咱们俩为了省钱住在一间15平米的小旅馆吗？我们把床垫扔地上，你总是会迁就我，套个睡袋睡硬板，却把床垫留给我。你还记得咱们在边坝扛大米吗？我说咱俩老爷们儿还不如米店老板家女儿厉害。你还记得老乡们感谢我们的那句话吗？你还记得我们所有的朋友三年来给我们的支持吗？

你说大西藏太多好玩儿的地方，你天天不睡觉，抱着电脑用google 地球搜索，再配合地图去寻找。我总是说，你这个活我真干不了。你说你小时候只有一个玩具就是地球仪。我问你这个山叫啥那个山叫啥，你骄傲地说当地人都不知道，可是你知道。我说那你怎么知道的？你说根据地图，再查典籍，就能找到当初在茶马古道上是怎么叫的。我说你真牛！每到一个景区，你就会说，这个景区的介绍就是我写的。那种自豪带给你的快乐我懂。

你说索大师你看这个地方怎么样？我说厉害！你说，就这么个地儿，我在地图上做GPS轨迹做了三个通

神的孩子
都要去
西藏

古拉山
海拔 5231

宵才找到路!

我已经不记得多少个夜晚我们住在一起，这些年我身边没什么特别交心的朋友，只有因为西藏相识的这些人能让我在忙碌之余得到快乐，而这些人大部分是通过你认识的。我每天发图给大家看，大家点赞评论让我觉得生活真有趣——只是因为一个地名就可以凑成一个圈子。

三月份在深圳，我们和武哥、陈实聊了四天三晚，房间里烟雾缭绕，不知道的以为我们成仙了。你说要做个最最最牛的线路：伟大的喜马拉雅！用两个月的时间环喜马拉雅一圈儿。我说，哥们儿今年不接单也跟你走。六月，我们启程去寻找那些秘境。我们用自己的方式找到了那些让所有人都惊叹的美景。你说为了这趟行程做了好几个月的功课，查遍了所有资料，自己手绘出了地图。在这片茫茫大地、没有任何道路的情况下，你依然能找对方向！

你说阿里王之后就再没有人开辟新路线，你说你要做新的阿里王！于是我们跨越山川，寻找玛纳斯鲁！我们冲破冰雪，发现展穷冰川！我们越过戈壁，找到三个湖泊！我们凌晨四点一路飞奔，去看冷布岗日！我们穿梭土林，寻找失落的城迹！我们跨过沼泽，探索地球上海拔最高的湖！我们一路坎坷，风尘仆仆。可是，我万万没有想到，就在你最最熟悉、走了无数次的地方，你却跌倒了！那些荆棘坎坷都没有难倒我们，你却倒在了当惹雍措旁！我从车里爬出来一直喊你，可你没有回应。我光着脚去找对讲机让小马哥快回来！我们守护着你，可是在那个鸟不拉屎的地方我第一次感受到绝望，我和小马哥给所有能想办法的人打电话，我哭着求他们让直升机过来，我说没有时间了！我们身边所有的人都用尽资源，但还是晚了。你一直抓着姐的手，姐说你力气特别大，我知道你多么渴望活着！我坐在警车里，我催促他们快点，可是那个破路实在快不起来。警车几次走错路的时候，我真的不知所措，我不停地问他们还有呼吸吗？只要他们说有，我就心想还有希望。我一直在和你说话！我说你是神的孩子，你命硬！你还答应带我围着喜马拉雅转一圈儿呢！可是，最后还是晚了！医生出来通知我的时候，我说没有办法了吗？医生摇头，我点了支烟躲在角落里，小马哥哭成泪人，从那时开始到现在，我如同行尸走肉！

明天，我会陪着你回到拉萨，把你安葬在你最爱的土地上，做你的神的孩子！

我不想让任何人知道你走了，可是我不得不写这篇文字，我想给我们所有人一个交代。我们探路做足了功课，我们一路没有遇到任何大的危险，即使陷车了我们还唱歌跳舞。我们不是冒险的人，我们一直倡导安全第一。这次事故真的是意外，真的真的……是……意外……但更意外的是，你永远离开了这个世界。

我今天一直在想，我们曾经走过的路、看过的风景是否要继续给大家看？我怕，我怕他们说我们出了这么大的事，还嘚瑟！我怕不好的声音影响你的声誉！我怕很多很多事情……我最怕的是，你再也不在我身边。

可是我想来想去，这是你最爱的地方，你一生的心愿，我必须帮你完成！只是给我一点时间，让我缓缓。

还有好多好多话想说，可我说不出来了！

我是索以，我也是西藏假想敌，我会继续你未完成的事！兄弟，相信我！

最后，我相信：你没有走，真的没有走！

2017 年 6 月 29 日

这个轮回名叫李翀的家伙，人间“历劫”还过瘾吗？

文　布达拉宫酸奶坊老板高文

李翀，假想敌。

我是认识假想敌之后才知道这个字念chōng，其实我不太喜欢名字里有复杂的字。时代变了，节奏快了，名字还是要避免用疑难杂字，免得与人交往给对方带来困扰。所以很多人叫他“敌哥”，挺好！

我这个位于布达拉宫观景台对面的酸奶坊，十年前已经小有名气了。因为这里的情调、酸奶和长发老板看上去“口感”都还不错，关键是价格不坑。所以游客蜂拥而至，情怀妹们也在此如鱼得水。

मध्यान्ह १२:00 बजे पछि
परेवालाई दाना नखुवाई
सांस्कृतिक धरोहरको
संरक्षण गरौं ।

主动来搭讪的这位眼镜哥，穿着红色运动服。他抽着烟，操着地道的京腔，语速很快，“文儿哥！我叫李翀，微博网名假想敌……”那口气给人“这么多年没见你丫，怎么跑这儿开一店啊”的感觉，一张嘴就把你逼熟了。

他是微博大V，我是回家后查的。藏地旅游，除了西藏旅游局，恐怕数他最有感召力。有个下午，他在酸奶坊突发奇想跟我说，今儿高兴！哥们儿发一条微博，谁在酸奶坊而且能认出我，我就请客吃酸奶！

我开玩笑说，哥的微博也有千把粉儿的好吗？你再火谁会抱着手机就等着看你呀？还得立马认出你来，牛了，先生！

可微博发出去不到两分钟，酸奶坊里竟然有7个人拿着手机过来找他合影！直到他离开，一共请了11份酸奶。

他每每到拉萨，一定会来我这儿“打卡”，然后碎碎地聊着他的理想与困惑。理想是怎么能为追随他的人做得更多，怎么为偏远地区的人们提供更多。困惑是这些事都不挣钱，他的荷包已经捉襟见肘。

我随口提议让他简单做一个小的旅游线路册子，我们帮着卖些钱贴补贴补。结果这主儿一去半年，把西藏几乎所有的自驾游线路全都标注了出来。所有看到这本册子的自驾游客都爱不释手，有些人更是直接改变了旅游计划。

佳瑄是我在酸奶坊结识的气质美女，和假想敌早就认识。从大家一起聊天时的嬉笑怒骂中，我觉得假想敌是喜欢佳瑄的，而且是很用心的那种。关于情感的事，他比较爱藏私货，可能有些内心的秘籍他更愿意自己收藏吧。

和他认识这么久，我们每逢一起吃饭他都趁我不备先行埋单，即便是在深圳应该我尽地主之谊的时候。他不是热情，他是真心主动想请客。

2017年初，他比我更早地到了西藏，在带队走阿里前得知我没在拉萨，就在微信里说：等我回来后，我们好好聊聊，有个一起做点

事儿的好想法。看得出他有点兴奋。我也隔三差五地看看他走到哪儿了，预估着他回到拉萨的时间。

直到有天早上，我在堆龙批发市场随手看到老潘（微信名：天堂时光老板）发的朋友圈，才知道几个小时前李翀出事了！我有点颤抖，有点无措。

身边这样一位阳光的大朋友就这样开始了他最终想要的“生活”，一切都开始得那么毅然决然。

藏北美丽的当惹雍措我去过，曾与当地的村民、寺庙僧人相处近一周，一条大大的黑狗寸步不离，陪我登山……我知道，那是个安放灵魂的好地方。他本就来自那个充满灵性的地方。

这个轮回名叫李翀的家伙，这次的人间“历劫”还算过瘾吗？回头见了再聊聊。

2018 年 3 月 17 日

请你告诉我他是怎么死的？我会告诉你他是怎么活的

文　西措大牙

请你告诉我他是怎么死的？

我会告诉你他是怎么活的。

——《最后的武士》

Tell me how he died?

I will tell you how he lived.

—The Last Samurai

6月12号，他在朋友圈发布了一条关于羊湖的旅游信息，那是前所未见的羊湖，有种支离破碎的美。我惊叹不已却又习以为常，因为他一直致力于藏区旅游体验的改善。

6月17号，他在朋友圈发了一条关于贡当乡的公益信息，地震灾后的日喀则边陲地区需要捐助。于我而言，这是司空见惯的事情，非常熟悉的感觉，因为他一直致力于藏区爱心公益的发展。

6月20日，他在朋友圈发了一条关于扎达土林的风景照片，那是地球上最像火星的地方。行走在札达土林，只有他在探索着最佳拍摄点的同时还小心翼翼地保护每一寸土地。因为他一直致力于藏区人文风貌的维护，致力于藏区自然环境的保护。

……

他为西藏所做的一切，他的每一项成就都让我难以望其项背。

27日晚我一夜未眠，痛哭流涕。28日凌晨我翻看着他的朋友圈，翻看着微信聊天记录。6月18日我们最后一次联系，讨论的就是如何援助贡当乡。我想既然没有遗言，我就把这当作他的遗愿。天一亮，我便装满一整车的物资，独自出发前往贡当乡。开着开着，眼泪又不自觉地流了下来。中途得知，他的追悼会是7月1日上午，我不敢有片刻耽搁，将物资送达贡当乡后，连夜开车赶回拉萨。我不断计算着返回拉萨的时间，我以为16个小时怎么都够了，但我却没算到，因为灾情，夜里交通管制堵车堵了两个小时。当我抵达拉萨殡仪馆时，已经迟了半个小时。那一刻我知道，我再也无法见到他了。他总是说，相

2017 TIBET
“天上西藏”
西藏旅游推广季
CHINA TIBET TOUR

逢的人会再相逢，而我却无缘说再见。

从此以后，我们开始毕恭毕敬地称他为“李翀同志”，而不再亲切地称他“敌哥”“老敌”“小敌”“假大”，我真的觉得很没意思！

千言万语，不知该从何说起又该怎样结束。敌哥那么爱讲故事，我就为他讲个故事吧，故去的真事。

2015年5月24日，我去上海，参加“神的孩子都要去西藏”的全国分享会。

那个时候我们已经相识两年了，但还是第一次见面。分享会上他讲了很多故事，精彩纷呈，听众兴高采烈，进而导致活动结束时间一再延迟。

我们讲最后一个故事吧，他说。

若干年前的一趟旅途中，越野车行驶在藏北草原上，他在车上正昏昏欲睡，他多年的老朋友、藏族司机巴桑却突然停车并叫醒了他。“下车。”巴桑说。他下车后发现，已经有好几辆车停在了路边，那些藏族人，无论是司机还是乘客都默默地在路边刨土，然后将土铺到公路上。“这是干吗？”他问，“别废话，快来帮忙！”巴桑回答。

于是他下车帮忙，距离他们不远处，徘徊着一群藏羚羊。直到那一段柏油路面被全部铺上了一层土之后，大家才回到车上各自离开。上车后，巴桑告诉他，现在正是藏羚羊的繁殖季节，藏羚羊群非常警惕，它们害怕自然环境里没有的黑柏油公路，不敢逾越这道漆黑的“鸿沟”前往繁殖地，只能在公路边徘徊，这对藏羚羊来说是很危险的。所以每到这个季节，藏族人若在路边看到了藏羚羊群，就一起铺路，建一条通道帮助它们过马路。这在藏北草原是约定俗成的事情，不需要沟通。

Himalayan
COFFEE SHOP
LOMANTHANG
Mystique Gift
&
Souvenir

那次“铺路”行程两年后吧，他继续说，巴桑大哥在前往樟木口岸的路上遭遇不幸，一辆大货车强行占道超车造成严重交通事故。巴桑身受重伤，颈部以下高位截瘫。西藏医院不具备救治条件，巴桑的情况也难以乘坐飞机前往成都等地治疗，无奈只能在当地接受保守治疗。我得知消息赶往医院探望，那天巴桑精神很好，最后还笑着说自己会好的，等好了我们再一起开车去玩。

没几天，巴桑就走了。当故事讲到这里时，他的眼里噙着泪花，声音哽咽。我记得当时背后的幕布上投影出巴桑的照片，他一直面朝我们，没有回头。

2018年1月1日

下一个马年，拉萨见

文　蘑菇

2017年6月27日晚上10点。西藏-假想敌（李翀） 因伤情过重，抢救无效，逝世。

2017年6月25日，大理的天气特别好，阳光明媚，我想西藏的天应该更美一些吧。

早上你在朋友圈一口气发了8条“新藏线上未知的展穷冰川探路花絮”，我第一时间给你的每一条花絮都点了赞，这应该是我给你的朋友圈点赞最积极的一次，我是不是第一个点赞的人呢？后来，我发消息给你：敌哥，路上一定要注意安全哦。你回：好的。

没想到这短短的几个字变成我们最后一次讲话。有点后悔，应该多跟你聊几句，或者给你发段语音。

2017年6月19日。你在朋友圈发了一张靠在219国道1314公里牌的照片，配文“但愿下一次照片里有未来的你……”，汗斯打趣你，“绝对是跟男人。”有点好奇你究竟喜欢什么样的女孩。

2017年4月20日。我在朋友圈帮朋友转发“寻找大理合适学校捐赠新衣服”的消息，你说：给我捐西藏来呀。我说，西藏太远了，朋友想就近找大理的学校。年初已经往你提供的地址邮寄了一批衣服过去了，是和大理的小伙伴一起邮寄的，等下一批有再寄。你回我，好样的（三个大拇指赞）。

2017年1月15日。你的生日。这是我第二次祝你生日快乐。你在朋友圈分享了一首日文歌，并配文“新的一岁，心愿是：保持本真，继续嘻嘻哈哈地面对一切，继续藏住自己的那点小秘密，永远不变。”

219 国道
1314

我微信你，生日快乐哦，万能的敌哥。感谢西藏路上的帮助和鼓励，神的孩子都会回西藏。

你说，谢谢哈，今年有机会来拉萨一起喝茶。

我回，西藏估计是再也没有机会回去啦，你下次来大理我请你喝茶。

你说，别说得那么绝对嘛，努力加油保重身体，大理见也很好。

2016年4月9日。我把你的书又翻了一遍，书里还找到了一张冈仁波齐的明信片，真好。因为你的帮助，我勇敢出发，一个人踏上去拉萨的路；因为你的鼓励，我努力过好自己的生活，我说我想在下一个马年，和你在拉萨见面，一起喝茶。

你说，谢谢啦，老朋友。下一个马年，拉萨见。

2015年12月。一次无意的聊天，我告诉了你我的近况。你安慰说，好好养病，保重好身体，西藏就在那，早晚还是能和它见面的，我也在拉萨等你，加油。其实，大理也很好的，有机会我就来大理看你。

可能，这句话安慰我的话你已经不记得了。但它对我来说特别重要，在那个特殊的时期，因为你的这句话让我重新燃起了生活的希望，我给自己定了目标，一定要努力恢复健康，和你在拉萨喝茶，完成冈仁波齐转山。

2015年5月16日。你和汗斯在成都举办了一个小型分享会，因为去晚了,我坐在第一排，正对着你们，尴尬的我甚至不敢照相。第一次听你说起为什么会选择去西藏，你在西藏探寻新路线的见闻，你遇到的那些搞笑的事情，还有你为边坝县大骨节儿童筹集大米的公益项目。一瞬间我觉得我又回到了西藏，一切都是那么熟悉和温暖。有好多话想说，却又不知道怎么开口，那一天我很享受当安静读者的两个小时。

记得你在分享会上说了一个故事，你说，藏族人开车见到路上的碎石都会下车把它们清理掉，只为给随后到来的车制造一个安全的行车路面。他们的习惯也影响了你，每次你看到路上的碎石也会停车下来清理。想到这，眼泪止不住掉下来，这一次意外是不是你还没有来得及停下车清扫路上的碎石呢？

分享会后，很多人找你签名，我也充当了一把粉丝。我说，敌哥，要签送给蘑菇哥哥哦。你笑着一脸嫌弃回我：明明是个小姑娘，还非得当哥哥。

后来，我还拉着你不停照相，一张接一张，照完一张你就大喊，为什么我的脸这么大？这不科学呀。

是呀，真的不科学。现在再看那些照片，你的脸真的好大，有好几张照片我都站在前面，却还是挡不住你的大脸。

2015年4月5日。去逛成都的方所，特意找了你的书发给你看，你说，跟受气小媳妇似的排在人家陈坤的书后头。我回，是并排的！那是因为坤哥的书大，显得靠前，但是你的书厚。你回，我好喜欢方所。我回，那就赶紧来成都溜达。你回，下个月成都见哦。

2014年8月28日。那天是我告别西藏的日子，心中有万分不舍，想起还没有买你的手绘地图册。后来，在天堂时光书店买到了。因为你的帮助，我找到了一起走川藏317的小伙伴，拥有了这小半辈子最开心的旅途时光，我跟你说了无数次谢谢。你说，不要客气，回头多发点美图，神的孩子马上又回西藏了。

2014年6月4日。我准备第三次进藏，在微博上发了寻找同行队友的微博，第一次@西藏-假想敌。你给我提供路线建议并帮助我找到了同行的小伙伴。那个时候，我的学长看到微博后调侃我说，你要火哦，假想敌转发的所有找队友的微博里，属你的转发和评论数最多，去了西藏有机会见到人家一定要好好感谢哈。

是呀，我得感谢你，没有你怎么会有这么精彩又难忘的西藏行。可是，感谢你的那顿饭还没有来得及跟你一起吃。

2014年5月24日。因为你转发的一条“美女骑行川藏线”的微博，我微博私信你，表达了一些反面意见。原想你应该会无视我，或

者怼我多管闲事，没想到你居然回复我，还和我一起讨论了半天。最后你说：我们都是真心热爱西藏的人，很多事自然心意相通，不必多言，我们都懂的。

2014年3月8日。你在微博上解答了我咨询的西藏旅游问题。

2013年。我关注了你的微博，知道有一个特别爱西藏的人，叫西藏-假想敌。

下午得知你离开消息，整个人都懵了，眼泪止不住地流。这样的意外怎么会在你身上发生，明明昨天还在发朋友圈的人，怎么就突然走了呢？我们永远无法预知明天和意外到底哪个先来，可对于这个噩耗真的没有人愿意接受。那年调侃我的学长安慰我，哭一场就好，可我哭了很久，到现在也没有好，也不知道明天会不会好。

我的敌哥，万能的假大，你真的是一个特别好的人。从08年长居西藏开始，你为西藏的旅行做了太多的贡献，探路、答疑、出书，你深爱着西藏的每一寸土地，你把西藏当成了自己的家。

后来，你有了更大的影响力，开始为西藏奔走做公益，每年都会组织活动为西藏的孩子捐赠新的冬衣，帮助西藏农民出售菌子等山货，还为西藏边坝县大骨节病儿童筹集大米……记得你说过，当时筹集大米只是酒后随口答应的一句话，可是既然答应了别人就一定得做到，无论多么困难都要做到。

虽然还有很多事情，你没来得及去做，但我相信，未来会有更多的人帮你完成你的心愿，让每个生活在西藏的小孩子冬天有保暖的衣服穿，让生活在西藏贫困地区的人得到更多的关注和帮助，让西藏美丽的风景被更多人看到。

你的微信签名写着：回到有光的世界去。我想这会儿神应该接到你了吧，神一定会把你安全送到那个有光的世界里。我想圣土西藏肯定是太爱你了，所以才把你留在那里。我想你肯定会变成大昭寺前永不熄灭的酥油灯，等着更多的人去西藏和你见面。

一路走好，万能的敌哥。希望在那个充满光的世界里，你依旧能保持本真，继续嘻嘻哈哈地面对一切，继续藏住属于你的那点小秘密，永远不变。

下一个马年，我们拉萨见吧。

2017 年 6 月 28 日

亲爱的路佳瑄姐姐：

你好。

我叫蘑菇，是一位非常热爱西藏、在进藏路上受过敌哥很多帮助的大理姑娘。以上是我于2017年6月27日敌哥去世后，写在我自己的公众号上的故事。虽然，我和敌哥不是特别熟，就见过几次面。但他给我的帮助和鼓励却让我此生难忘。

2013年，我看着他的攻略独自进藏。2014年，通过他的帮忙我找到一起徒步搭车的小伙伴，一路上他还给了我很多的建议。2015年，我的心脏病越来越严重，不得不去北京阜外接受手术，这意味着我再也不能重回西藏。在我情绪极度低落时，是敌哥鼓励我好好看病、好好生活，他说西藏就在那，总有一天我可以回去。2016年，我第一次参加敌哥组织的邮寄冬衣给西藏孩子过冬的活动，虽然捐的不多，但是我很高兴我能为西藏贡献一份力量，这让我感觉我和西藏始终在一起，而且越来越近。我每天都好好吃饭，好好吃药，好好休息，好好锻炼，为了有朝一日可以重回西藏。这一切的一切，都因为敌哥的鼓励。

非常抱歉，我刚刚刷微博才看到征文信息，9月到12月初，外婆生病住院，我一直在华西医院陪伴外婆，回大理后身体又不舒服住进了医院，直到刚刚才看到消息。我非常想留下这份回忆，也想让更多的人知道敌哥的善良和爱，希望不会太晚。

感谢您阅读。

一别千古，请务必珍重

文 信

那天下午，寻哥突然问我，听说假想敌走了？

我一脸懵圈地回了一句，去哪了？

寻哥是我一个热爱户外的朋友，他称你为大神，对你无限敬佩。可是，我不知道这句“走了”到底有多沉重。

我知道你在阿里呀。你的朋友圈我每天都看，还不止一次地给身边的朋友看你照片里那完美动人的世界，我从未把“走了”跟车祸联系在一起。我想你还能去哪？打开微信朋友圈，你的动态静止在6月27日上午9：30，仁青休布措，黄色潜水艇。看见红姐给你留言，恐怖之感瞬间遍布全身。我问红姐，她说是。我抹了把泪把车停在路边开始给你发消息，给索以发，给夫子发。都没有回复。很快地，我看到了一条官方消息，我一字一字看了五遍，好像全是错字，全是假的。怎么可能？你一定会用好听的声音回复我，他们都是胡说八道的！可我没等来你，只等到了夫子的回复，“索以轻伤，请放心。”

这天晚上，我第一次喝到吐，我希望这个世界变成虚幻。可直到醒来，还是没有你的回复，只看到索以在朋友圈发了一条很长很长的祭文。他说，你没有走，真的没有走！

在我心里，你从不是一个导游，而是向导，一个过着我所向往的生活并且努力向上的大男孩——我们的假大。你说在最该拼的年纪别懈怠，你说工作最大的动力是热爱，你说你很感激能被很多人需要。我总调侃你声音好听，我说你写字好丑要好好练签名，我说你是大神，好多人都羡慕我有你这样的朋友。你说我买的书大概是盗版，不过没关系你送我一本签名正版，你说欢迎来拉萨，你说你在西藏等我。我总说以后一定要怎样，可这次，再也没以后了。

很遗憾没能和你说一句再见，但好在你留在了自己最热爱的地方。多年以后你也不会被遗忘，西藏假想敌永远在路上，仍相信这世界一切的美好。而我，终将再次踏上那片净土，你没失约，你一直在西藏等我。

人会有两次死亡，一次肉体，一次灵魂。而你只有一次，因为你是神的孩子，你的灵魂始终在飞翔。

神的孩子都要去西藏
神经的孩子都要去西藏

假大，回到有光的世界去，此去天堂路途遥远，愿一切顺利。一别千古，请务必珍重。

飞出生死峡谷，轻卸身躯的包袱。如闲来沉睡了，一觉苏醒多舒服。

唯求旁人别哭，加重不必的伤痛。让我轻轻松松活到这一分钟，像到异地另做美梦。

北风开始急促，谨记多加添衣服。如能全明白我，总会将哀伤征服。

神游无涯时空，千里可一刻飞纵。再无世间挤迫让我偷些空隙，今天可好好地休息。

灵魂仍然在飞，想找青葱一片地。停下再看两眼便会安心高飞，就算一生是极美传奇。

如逢严寒天气，亦有一番风光味。潇洒再见世界在这方的知己，每一天都深深祝福你。

即使远离。

2017 年 9 月 14 日

你终究是远方，是我要做的梦

文　Z贝贝

2016年8月31日，拉萨。初见。雪顿节前夜，你彻夜陪着我熬过高反，从医院里出来。拉萨街头，排队看展佛的人流已不断涌动，最后也没跟你说声谢谢。

被你骂“修的什么玩意，那么假”的照片我还留着。

玩游戏整起人来一点都不怜香惜玉的样子我还记得，我说你太嘚瑟。

你一边拉萨瘫晒着太阳喝着甜茶，一边跟他们叨叨工作的样子，还挺撩人。

讲起藏文化，你总是滔滔不绝。就算听不懂，我也不打断，因为知道你太热忱。

玛旁雍措

你给我看你自己设计的logo，我说好看的那个却被你Pass，有点儿可气。

初冬的成都雾霾已经很严重，你说你用冰川湖泊雪域高原的美图跟我交换，有点儿可恨。

那个能眺望布达拉宫的露台和甜茶还在，只是回头再也看不见你的加冰苏打水。

一口嘚瑟的京腔，非不承认“胸柿炒鸡蛋套吃”。

知道你对所有喜欢西藏的朋友都很热忱的时候，敬佩又失落。

以为会再见，没有身份也可以在有光的世界里跟你偶遇吧。

2016年10月28日，成都。怎么也不会想到是你留给我最后的一眼，紧接着赵雷的《成都》火了，而我们成了比较熟悉的陌生人。

2016年11月18日，收到你寄来的一个莫名其妙的快递，我恼火地给你打电话，你道了一声珍重，是你留给我的最后一通电话。

2017年6月28日，再次拨通你的电话，因为得知你遇难。关机。

回家的路上，我哭着找你的朋友确认，再确认。一遍遍刷你的朋友圈，看微博所有的关于你的消息。

你说你是不是有毒？一句“我在拉萨等你回来”让我魂牵梦绕。而你，却长眠在那不远的地方。

送你的朋友那么多，可唯独我死活没有缘分送你最后一程。

你还是别记得我了，也可能那个冬天已经忘了。也好。我有太多遗憾，以及惭愧。

以为不会再踏上那个远方。至少是现在，我不敢。怕再也见不到你，又怕哪里都是你。

午夜梦回，回忆太短，又太深远。

将回忆反锁，情怀下一杯烈酒。

你终究是远方，是我要做的梦。

2017年9月23日

LAND CRUISER

梦中的古格

文　竹子

今天的普兰还是阴气沉沉的，简单的早餐后，我们便出发前往冈仁波齐。当地人说，天气这样差，幸运的话上午能看到神山，下午是绝对没戏的。我在心中祈祷可以圆梦。再次经过玛旁雍措和拉昂措时，为了满足我的要求，哥哥驾车驶离公路，以便让我更近地看看我心心念念的拉昂措。可这一次，心情却跟昨日完全不同了，突然觉得这湾湖水不再神秘，不再高高在上，它只是我人生的一个过客而已。心下安定了很多，转身上车走人，去了公路另一侧的玛旁雍措。玛旁雍措旁的小路上有很多藏野羊，它们跳动着，像精灵一般的灵活。我们一边玩耍，一边等待那乌云密布的天会在某个瞬间奇迹般地放晴，让我看看那万神之神的冈仁波齐。可直到中午，冈仁波齐仍然被云雾环绕着。那云雾厚得啊，仿佛永远也不会散开一般。阿里的云真的一伸手就可以抓到吗？我伸出手，希望能够把云朵攥在手心里。

如此又过了很久，哥哥说，还是走吧，神山怕是无缘得见了。最终，带着无限的失望，我们离开了那里。过了冈仁波齐，阿里的路似乎更长了，地域也更加辽阔，219国道早已一马平川（至少西藏段是这样的），一眼望不到头的公路通向远处的山峦。只要没有高反一切都是幸福的，幸福如音符般在身体的每一个细胞里跳动。这个阴郁的下午，我们将抵达古格王朝和神秘的扎达土林，我不知道那里会有怎样的风景，我只能一边看一边想，一边做梦。

未曾想过扎达土林竟这般让人震撼，因为它的位置，因为它的海拔，因为它的神秘与遥远……这一切都让它有如神迹。“风马旗吹起遥远的思念，玛尼轮转来澄净的信仰。”而我，一个红衣少女，捧着赤诚之心前来，就是为了一睹你千年的容颜。可那个时候我还不知道，当转身离去时，留下的，却是一生的痴恋。

离古格不远的地方，有一个干尸洞，虽然同行的伙伴们都不想去，但为了满足我的好奇心，哥哥仍然开车到了那里。干尸洞在一座山丘的后面，里面遍布着没有头颅的干枯尸身，哦不，应该说是骷髅。我挂上耳机、听着佛经一步步接近洞口。那天没有任何游客，就连风声似乎都是不一样的。我胆战心惊地向前走，脚不停地打哆嗦，一路走，一路想要放弃。那可真是一段无比漫长的时间，就连远处牧

场的牛羊叫声都像幽灵的嘶吼。我心慌意乱、跌跌撞撞，只盼望有个活人出现在身边。终于快到出口的时候，一束光射向我，那个熟悉的身影……是的，那如同清晨温柔清澈的光，瞬间便融入了我的心里，那是比扎达土林的祥云更让我迷醉的影。我的腿不再颤抖，但心跳却越来越快。我走向那束光，感受着他的温暖。这温暖，瞬间便让我把古格的一切都停落在了生命最柔软的心尖上。也是这温暖的身影，让后来的我，有了面对任何事情都不轻易放弃、不低头认输的信念。我不能让这温暖失望，我想让这束光一直照耀着我的人生、我的梦。

傍晚的扎达真的带来了属于我的七彩祥云，究竟是怎样的力量让人在这古老又神秘的地方产生了如此迷人的幻觉之光。那幻觉里的影子，后来无数次在我半梦半醒之间慢慢地走向我，把那个站在土林里惊魂未定的红衣少女紧紧搂在怀里。他轻轻地拍打着我的后背，亲吻我的嘴唇，那如湖水般的目光，贪恋地看着我，温柔地安抚、保护着我。在那片幻象中，我仿佛灵魂出窍一般看着他明亮如星子的眼睛，听着他有力的心跳。我不再恐惧，但我依旧害怕。我对这个即将来临的黑夜感到害怕，对那个可能随时会离去的身影感到害怕。不觉中眼角流下一滴泪，融化了我尘封太久的心。

大漠孤烟，无助的我默默寻找你的身影。苍凉戈壁，彩霞染红了山峦，我转身一瞬，看到你在我身后静静微笑。一瞬间，仿佛这辽阔的阿里茫茫天地间只剩下你我，古老的吟诵声从天外传来，是祝福还是超度？是解脱还是束缚？夕阳坠落天际，彩霞散去阴霾，你松开我的手，走向我无法企及的、遥远的地方。

在西藏有个传说，如果你和一个人尘缘未了，那么你只要心里虔诚地念着他的名字，再次回头的时候，必定可以看到他！

希望再次回头他依然在转身之处！

2017 年 9 月 13 日

人虽走，魂仍在

文　刘颖君

我从2005年开始就爱上了西藏这片土地，当时发誓，如果2008年能够考上本科，我一定会在2014年本命年的时候去一趟西藏，看看那巍峨的布达拉宫。2008年，我如愿考上了本科，但因2014年我仍在读研究生，所以进藏的计划便顺延到了2015年。那一年5月28日，我买了上海到拉萨的火车票。为了准备行程，我开始阅读关于西藏的书。我把我们高校图书馆里跟西藏有关的书都看了一遍。于是，我看到了《神的孩子都要去西藏》。抱着试试看的心情，我关注了“西藏-假想敌”的微博账号，随后，“拉萨摄狼”“索以视觉”等跟假想敌相关的各个微博号便都进入了我的世界，我给他们设置了单独的群组，每天阅读跟西藏相关的内容，自此，这个神秘之境终于在我面前慢慢

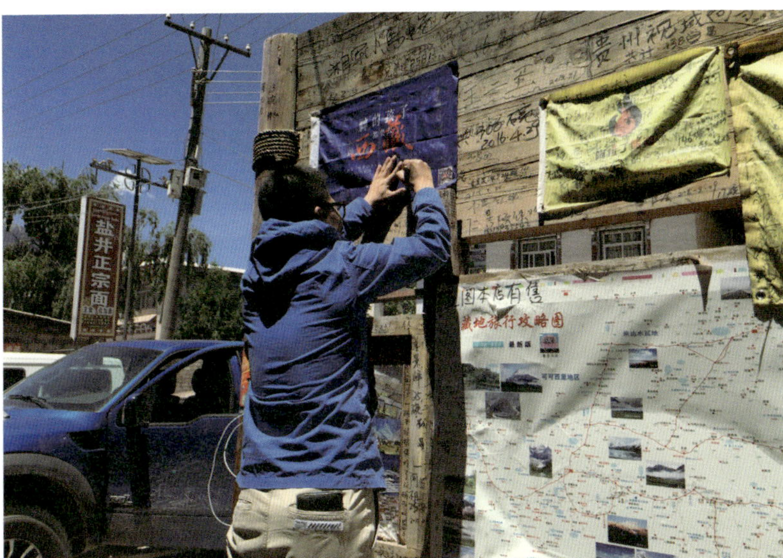
盐井正宗面
藏地旅行攻略图

开启。

通过假想敌，我找到了进藏的同伴，制定了路线，我们在旅途中收获很多。当我的朋友们想去西藏时，我会毫不犹豫地推荐这本书《神的孩子都要去西藏》，因为再没有哪一本书比它更加详细。

虽然我与西藏假想敌从未谋面，但从他的书和微博里，我知道，他将自己的全部身心都奉献给了西藏这片土地，尽管这世界上有很多人热爱这片土地，却没有谁能如他这般付出一切，只为坚守在这片土地上。

2017年6月，当得知这个噩耗，我甚至无法相信，直到后来在微博的不断证实下，我才知道这是真的。愿一路走好，天堂安好。

2022年，当我再次进藏时，当我站在当惹雍措旁边时，我想我能感受到你的存在。

2017 年 9 月 15 日

每一个离别都是另一次久别重逢

文　CPT

这段时间有点忙很少刷微博，就这样静静地过了将近三个月，以至于错过了他出事的消息。

一直在想，他怎么不发朋友圈了？难道忙着他的新路线探险？不对呀，不是正在探险路上吗？之前不是每天都在发照片发视频“毒害”我们吗？

难道参与公益活动支教去了？不对呀，怎么会没网络呢。

难道回北京忙去了？不对呀，一般不是去去就回的吗？

难道谈恋爱结婚去了？不对呀，怎么都不秀恩爱呀，说好要带她一起去1314路碑上拍照的呢。

很多很多的疑惑与猜想……可怎么也没想到是这种结果。

他是多么厉害的一个人啊。藏区对他来说是多么熟悉，网络上随便一张照片他都知道这是不是西藏拍的，是不是合成的。或许也正因为我们只是陌生人，缺少了那一份关注，以至于我现在才知道。

现在凌晨一点多，我认认真真反反复复地搜索他的信息，看完了每一个有关他的微博以及评论。眼泪不自觉地流下来。是惋惜，是心疼，是难以置信。

想起之前在微信上询问他游西藏路线。他说明年林芝桃花开的时候他可能会自己带一个队。我说那时我一定报名。如今……再去西藏，大概多了一份怀念却少了一些熟悉感，之前总觉得我们一定有机会认识。哪怕是在小茶馆小憩喝杯茶的工夫，说不定就遇上了。

他说神的孩子都要去西藏。

他是神的孩子魂归故土轮回藏乡。

从此西藏的天空中多了一颗闪亮的星星。

好想给他发个微信。可再也收不到他的回复。最怕这种遥遥无期的等待，所以迟迟不敢按下发送键。

再见。西藏假想敌。

你好。西藏假想敌。

每一个离别都是另一次久别重逢。

凌晨三点二十分。睡不着。这注定是个不眠夜。

2017 年 9 月 21 日

你是当惹一粒沙

文　田若凡

敌哥，这些话儿，我在说给你听呢。

2016年初，我在微博上认识了一个素未谋面却觉得温暖的人：西藏-假想敌。

那时我刚上高一，完全陌生的学习环境使在初中名列前茅的我到了高中却名落孙山。那段时间，朋友的背叛、亲人的离开、学习的压力，使我一下子坠入深渊。

偶然的一天，我在微博上遇见了你，热爱西藏九年的我好像一下子就抓到了来自西藏的阳光。于是我加了你的微信，我将所有困惑和对西藏复杂的爱全部告诉了你。你发来很长的语音安慰我，你说未来

是很值得期待的，让我不要放弃，你还告诉我很多关于西藏的故事。那天晚上我抱着手机听你的语音，一遍又一遍，想象高考结束之后去拉萨与你相遇的时光。

四月的一天，爸妈去给姥姥上坟，我一个人待在家里。因为对姥姥的思念涌上心头，我窝在床上一边哭一边发消息给你。我说，我答应过姥姥一定好好学习，高考结束就带着姥姥一起去拉萨，去看看那个让我朝思暮想了九年的地方，我一定会去的，为了姥姥。

你说，去西藏，不要抱着为谁去的想法，拉萨留给你的，应该是所有的美好。这样才能让已故的人安心，让他们的在天之灵安心。

敌哥，这段文字我存在手机里，至今难忘。

记得有一次我问你，我这样天天打扰你，你会不会烦我啊？你说，不会啊。只要你有时间，就一定会回复我的消息。我开心地抱着手机乐了一天。

2016年9月，我问你要了捐衣服的地址，并和同学们一起整理好衣服准备捐出去。你说我是个善良的女孩。我说，敌哥，长大后，我一定要像你一样，做一个可以帮助很多很多人的“超人敌”！

那些日子，每当你回复我的消息时，我都会抱着手机笑得很开心很开心。我跟朋友提起你时真的好骄傲啊，好像你就是我永远的西藏英雄。

慢慢地，你变成了我的“日记本”，什么开心的、不开心的事情，我都会告诉你。你也总是说我矫情，说我爱胡思乱想，还说我

做事心不在焉。我一边虚心接受，一边发个调皮的、坚决不改的鬼脸给你。

敌哥你还记得吗？我曾经告诉过你，我的城市郊区有一片很像西藏黄昏的地方，放眼望去可以看见远处的祁连雪山，很是狂野。你说拉萨的日落一定比这更漂亮。

我喜欢写作，经常写一些关于西藏的文字发给你。有一次，你开玩笑地说我将来有可能要嫁给西藏呢！学校组织写作比赛，我将写好的故事发给你看。你看完之后说，写得不错，改天打成电子版的，我替你发在微博上！

我真的……好开心。

因为你，我认识了很多神的孩子，你的幽默和执着让我敬仰，索叔精美的藏地影像让我神往，佳瑄姐姐深情的西藏文字让我痴迷，夫子姐姐善良的心地让我佩服……

我常想，当这些美好的人与我相遇时，我有没有与之交往的分量？可真的遇见了你们我才知道，温暖的人儿都有着温暖的性格。那些脑海中想象的幸福时光，也总有一天，会真的存在于我们之间。

2017年6月25日，我看了《冈仁波齐》。之后我发消息给你说，敌哥，还有一年，高考结束我就可以飞奔去拉萨找你了！

你回复我，高三了，新的开始，加油！等我回去，我在阿里！

于是，我乖乖地在我的城市，继续想象一年之后美好而明媚的相遇。

可是意外总是在不经意间来临，把这幸福的时光，狠狠击了个粉碎。

你再也没有回来。

得知消息的我，眼泪不知什么时候就掉满了手机屏幕。我一路拉着朋友来到那个我曾经告诉过你的、很像拉萨的地方，我好像看见你在云端向我挥手，告诉我别哭。我擦干眼泪对天边说，敌哥，既然答应了你要好好学习，明年去拉萨，我就一定会做到，相信我，我还是那个坚强的姑娘。

你说过，西藏留给我的一山一水，都应该是最美好的回忆，你说过只有这样，已故的人们才会安心。我在等你从阿里回来呢！我已经整理好了文章，你什么时候帮我发表呢？我们什么时候，才会在拉萨相遇呢？

折叠2529.8公里的山水，义无反顾地向拉萨跑去。最后一年，答应你的，这条路上再苦再累我都不会放弃。你在拉萨等我，敌哥。

等我明年如约而至，等我亲手在当惹为你系上洁白哈达。

你是拉萨一缕明媚阳光

你是当惹一捧蓝蓝圣水

你是高原一片虔诚经幡

你永远是我心中的西藏英雄

你是永远的

西藏-假想敌

2017年10月2日

我们竭力为善，不是贪生的回报，只是希望自己曾很认真地成为过美好的存在

文　程春丽

早起在笔记本上写今天的安排：

阿吉采访提纲

网站日志整理

导游信息

悼文

最后一条写了很久也只写出两个字，其实应该是：敌哥悼文。

昨晚8:53，我站在马路上，上一秒和朋友刚见面的喜悦还挂在脸

上，下一秒就不可思议地怔在那里。胡说八道！这一定是个乌龙，金庸先生成龙大哥不都“被去世”很多次了吗？这一定是谣传！

带着和所有听到这个消息的人一样的不相信，我翻了你的微信，然后又去看微博。你的团队已经发布了公告，确认去世。我不愿相信前一天还在朋友圈活跃的人，以后居然就这样再也见不到了！

拉萨又下雨了，真讨厌。

回家路上，对于命运前所未有地愤怒。它许诺人们向善向美，必

予奖赏，但死亡的枪口举起时，想打死谁就打死谁，没有分毫怜悯。所谓善有善报，分明只是一种功利的谎话。言而无信!

前些天，你还在朋友圈给西藏偏远山区的孩子筹集御寒衣物，这样的公益活动你每年都在做。现在再看《山那边的西藏》，哭得一塌糊涂，这算什么善有善报。

上次采访你时，你正和旅发委在全国举办“天上西藏”的推介会，很忙。采访只能安排在候机的一个小时里，那时你笑说回来请我喝茶。怕是你失约了。

你讲大巴桑对自然的虔诚，讲大巴桑遇车祸不幸逝世，还感慨“世事无常”，没想到这话竟像冥冥之中的咒语。你说正在开发一条疯狂的路线，也不知道是不是这最后魂归的地方。

我把采访稿发给你看，你只改小了一个频数词，然后对我说，人要知道自己几斤几两，还说自己不过是个写攻略的，不能吹太大。

写这些的时候，耳机里反反复复播放着你推荐的《bling bling

昆 仑 山
海 拔： 4767M

bling》。

有故事关于我们，我们却要去那前方路。

有故事关于我们，我们要去那群星深处。

不管在哪里，我也不在意。

看网上，很多小伙伴祈祷愿来生再见。可我真的不喜欢来生论，即使真的有来生，都是路痴，谁能找得到谁呢。要是万一变成一棵树，一步都走不动，该是多遗憾。所以，我只信今生，今天开心就好。我们总说来日方长，可谁也不知道明天和意外谁来得更快。

这几天，我一再回想着过往的经历。也许，我们竭力为善，不是贪生的回报，只是希望自己曾很认真地成为过一个美好的存在。

生而为人，我们最后也不过尘归尘，土归土。

朋友劝我说：接受吧。

不管接受不接受，这已经是一个事实了。只愿天堂的阳光似西藏般灿烂。

你离开的时间：2017年6月27日晚上10点；

但我还是决定记住接到消息的时间：2017年6月28日20：53；

这样，你就多活了20个小时。

2017 年 10 月 30 日

唯一一次见面，定格成我永远怀念你的画面

文　摩羯女一枚

一直想写与你相识的故事，但一拖再拖，因为不知从何说起，也怕写不好，更怕忘记那个下午与你见面的点滴。

你出事时，正好我从西藏回来，每逢和友人提及西藏的种种，都会不由自主地提起你。

曾经有人问我如何与你相识的，我使劲往前捯了捯，大概是加了你的微博。给你送花圈时，藏客小伙伴问我和你的关系，我说，粉丝。你曾在微博公示过你的

微信号，我就试着加了，也许这注定了我们要相识一场。成为微信好友的那天，你说你准备起飞了，有空聊。虽然不知道你是什么样的人，但声音是随和的。也是从那天开始，木斯塘走近了我的视野。我像老朋友般对你说“注意安全”，以至于后来只要我知道你在外面，都会对你说“注意安全”。

今年进藏出发前,我向你咨询了拉萨的酒店。我们约好北京老乡见个面，我说我背着你的书，你给我签个字。你说，没问题，只要你不嫌字难看。

到了拉萨的第三天，我约你见面。你说在开会，可能晚点。我说我在八廓街闲逛等你。后来你又说还没有结束，还会再晚一些。我连忙说没事，担心给你添麻烦，又不好意思主动取消。后来你发给我一个地址。

茶馆楼梯口。你在门外，我在门里。有那么一刻迟疑后，我们煞有介事地握了个手。你带着我从一楼走上三楼。我说，你知道你的书影响力多大吗？你表情淡然，但我猜你心里一定是自豪满满的。我们聊起阿里。我说或许阿里并不适合我现在的状态，你一边鼓励我，一边狡黠地笑着给我看手机里的照片。就这样，我们有一搭无一搭地闲聊着，直到饭点儿。你说你去安检那儿寄个快递，我怕打搅你，便顺势告辞了。咱们北京孩子的家教，到饭点儿别久留，也许你懂。临别前，我说我们合个影吧。你温和地配合我。如果那个时候你不是这么好脾气该多好，我就不会如此怀念你了。

这便是我们的相识，或许和大多粉丝一样，都是平常的一面之缘。但这半年以来，每次想到你，我都泪流满面，每次更换被套，都会想起你发的那条朋友圈，然后笑一会儿。每次从石景山路过，都想告诉你苹果园地铁就使用到今年年底了，四十多年的地铁站要

重建了，那里要建交通枢纽了。他们都说，神的孩子魂归故里了。可我的脑海里，却全都是我们第一次见面时，你在门外阳光下、我在门里阴暗处的画面。今生，我定会去阿里，因为你热爱那里，你沉睡在那里。

或许这就是最好的安排，我们唯一一次见面，却定格成我永远怀念你的画面。

你走的时候北京还是炎夏，现在已是初冬。

2017 年 11 月 12 日

我想成为他的朋友，我想我也是他的朋友

文　小琼

7月2日，离出发时间只剩10天。我拿出《神的孩子都要去西藏》，扫了二维码，心想加个好友吧。但我发送了两次请求，都没有通过验证。“可能太晚了，明天就会通过的。”我微笑着想。三天过去了，我的申请还是没有被通过。“可能太多人加他微信，他忙不过来，所以取消了扫码加微信了。”我又想，“如果这样，我就把书再看一遍，把重要的内容拍照留存下来。”

7月20日，西藏。我加了夫子的微信，参加了九天全景环线的旅行。夫子说因人员变动，另外发一个付款链接给我。我想：“他不在吗？”最终得到回复是，“创始人去世了。”我碎碎念着说，“不会

是他的，或许是一位年长者，生老病死的事，无人躲得过。”

7月21日，“九天全景环线”全体人员集合了，我到达某间酒店的大堂门口，听到一个女孩说，路况是平坦的……他曾经说过很喜欢那里……有一次他的身份证就落在那里了……假老师的死很离奇……

是李聃吗？我有些激动地问。

是的，你认识他吗？

不认识，我只是他的书迷。

是的……我……只是你的书迷……

去年暑假，我去了四川的稻城亚丁，回来后便计划今年进藏。我买了《神的孩子都要去西藏》，那是一本字里行间都流露着真诚、信任和温暖的书。假期有多少天，就选择对应适合的路线；根据自己的喜好选择不同的路线；什么时候向左转，什么时候向右转，走多少米有间房子、不要再走……那感觉就像好友的叮嘱，事无巨细，完整而有条理，亲切又温暖。

终于到了拉萨了。

他说，相对来说西藏是非常安全的，发生抢劫的可能性微乎其微。

嗯嗯嗯，真的很安全，比很多城市更安全。

他说，如果没有徒步计划，大背包就成了累赘，包车或自驾游拉杆箱要比背包更为实用。

太对了，去年我去稻城亚丁背着大背包，对于体弱的我来说，可辛苦了。这次使用拉杆箱舒服多了。

他说，西藏正规旅游车的牌照都是以“藏AL”开头的。市场上同时也充斥着大量的黑车。

神的孩子
都要去
西藏
THE PEOPLE OF BUDDHA
SHOULD GO TO TIBET

但我在街上很少看到“藏AL”开头的车，偶尔看到，也不像旅游车哦。

他说，……

“九天全景环线”真的很“全景”，不但能够走大半个西藏，对不同的地区有大概了解，还可以穿藏服、挂经幡、撒隆达。林芝、山南、日喀则、巴松措、拉姆拉措、羊卓雍措、纳木措、珠穆朗玛峰……我第一个登上山顶，俯瞰拉姆拉措；我很早起来，看珠峰的日出；我在根拉垭口，伴着仓央嘉措的情诗，挂起经幡、扬起经文；我在凛冽的风里，心存温暖……我走着他走过的路，感受他所熟悉的风和阳光，以及那湛蓝湛蓝的天空……我的心温润又空洞。这样暖心的安排，让他的样子不断浮现在我的眼前。可我们素未谋面。哦，不对。我在书上的作者简介里已经看到了他的照片——帅帅的，黝黑的，戴着墨镜，双手展开，比着胜利姿势的样子。是西藏圣洁的太阳，将他晒得那么黝黑吗？

他们说，他去了他最喜欢的地方，也算是找到了归宿。

嗯，他开心就好。

我是他的书迷。

我想成为他的朋友。

我想我也是他的朋友。

2017 年 12 月 20 日

黑暗与光

文　轻舞的纱

2014年的某天，我一整天都处在愤怒中，那是种怒火中烧却不知该如何平息的纠葛。那天我假装平静地参加了一个沙龙，男主角就是他——一个叫西藏假想敌的男人。那天之前我并不认识他，更不知道他是西藏圈里极有名的人。去参加分享会只因主题关于西藏，以及那些绝美的风景。彼时我正巧在做一个户外项目，和西藏有着强烈的关联。那天他不但介绍了风景，还讲了很多有趣的故事。更吸引人的是，他十分用力地推荐他的朋友汗斯，仿佛其他人的成功更让他开心。

分享会的结尾是提问时间。我问，我想做一个训练营形式的骑行，一周时间，白天骑行，晚上思考人生。

你需要设计线路还是需要户外执行团队？参与者大概什么年纪，有户外运动经验吗？这些问题是必须要考虑的。西藏是一个神奇的地方，景色虽然很美，但也很危险。汗斯每年都要救几个转山遇到生命危险的人。

那个时候我忽然意识到，当面对这么多现实问题的时候，我的执念变成了空想，因为他反问我的问题，我一个都没有思考过。我呆呆地看着他们，一时语塞。

或许他看懂了我的低落与尴尬，马上笑着说，没关系，你遇到专家了。汗斯既可以帮你设计线路也有户外执行团队，你想要什么告诉他，他都可以帮你。一周时间，可沿湖骑行，景色美，线路又安全，

挺好的想法。

我有些不好意思地说，那我加一下你们的微信吧。等我策划更具体些时，再请教两位。

那天晚上我没有回家，而是直接住在了为这场分享会提供场地的青年旅社里。或许是想尝试感受一下，以旅行为家的人，究竟过着怎样的生活。我的项目又该如何操作，如何平衡商业与公益之间的关系……

一夜无眠。

后来始终找不到答案的我，最终选择搁置这个项目。又因为过程的不开心，我去了另一个城市，但这并没有让我变得更好。难过时，我常拿着手机发呆，有那么一瞬间，那些美景解救了我。于是我发信息给假想敌，咨询他是否可以带着父母去西藏。尽管距离上一次沙龙时间已经过去两年了，或许他早已忘记了我，但他仍旧很快回复我说，他在信号很差的地方，目前无法跟我联系，第二天等到了有信号的地方，一定联系我。这是一个铿锵有力的承诺。第二天，他如约给我讲了我所咨询的一切。

后来，我的父母因担心高寒而未能跟我去西藏，这让我非常沮丧。假想敌却欢快地回了一句，没事啊，西藏一直都在。

那一刻，一个激灵，竟突然明白了，什么是放下。

6月，忽然听说他出事了，没有抢救过来。我看着微信里还鲜活的影像，泪如雨下。这样一个人，一个坚定而温暖的人，怎么就消失了呢。切肤的痛再一次袭来。心里有个缺口就那么敞开着，很空很空。

也许生命给予我们考验，让人无法选择，只能在规则里，做自己。

假想敌走了，他曾经演过一个有光的菩萨像，他珍视友谊，他从光里来，我一直记得那些和光有关的时间点。后来我一个朋友说，经历过黑暗的人才会懂得光明，黑暗和光明是伴生的。要有直面黑暗的勇气，用光的一面影响他人。假想敌是个勇士，他选择将光不断传播，他的生命是有价值的。

假想敌，愿天堂里有光。

2017 年 12 月 29 日

我还记得你的芳华

文　鲁涛

年终了，你走了半年了吧，是186天。撕掉今天的日历，你就成了去年，一直翻下去，你便是回忆。后来的后来，你可能只是记忆了，但我还记得你的芳华。

2017年6月28日晚上，北京已经迎来不知道第几波热浪的一天，一个晴天霹雳随着热浪袭来。当我听到这个消息时的第一反应是，你真的火了，这只是一则恶搞的玩笑罢了。但很快，这个消息便被一则死亡声明所证实。再也无法平静的我，开始寻找你的痕迹。微博，微信，公众号……你的朋友圈、你的微博才更新过不久啊，怎么可以这样突然，说走就走。他们说，去年你在当菪雍措不慎掉落了身份证，今年你便留在了那里，这是宿命。我忍不住给你发微信，你却再也没有回复。这不是你，你说过你会倾情解答所有有关西藏的问题，也愿成为吐槽的对象。但这一次，你爽约了！屏幕上，只有我发给你的大段大段的留言，你却连个标点都没给我，更别说你那熟悉的声音。后来，看到征文公告说，你的朋友们要出版一本纪念你的书，我想我应该参与，但究竟怎么写，我不知道。因为当我开始写怀念你的文字时，你就真的离开我了，我写的是记忆。这样一直拖到了年末，截稿日期将近。这是最后的时间，我提笔写下。

还记得我吧？你要是忘了，我就真伤心了。那个没有任何准备、

说走就走的我，拖着朋友哐当哐当坐上了去拉萨的火车。之前有一搭没一搭地咨询过你的那些问题和你一条条认真的回复早就忘记了，我只是抱着你的《神的孩子都要去西藏》，憧憬着美好的旅程，一路上与火车上的有缘人侃着。

到了拉萨，我们约好了见面的时间。江苏路全季酒店大堂，晚七点。缘分可能知道怎么去打招呼，当我们正在谈论包车事宜的时候，你出现了，穿着那件红色外套。你就不能换一件衣服吗？每每看你的照片，都是这件。

一照面儿，一口纯正的京片子让我确定，就是你。你戴着一副黑框眼镜，不算太秀气，右手夹着一根没点着的烟。后来那根烟在被我吵吵着要签名、要合照的时候，被你夹在了右耳上。原是签名，却还有赠言，而我在你签下“西藏-

假想敌”这个名字之后，又要求你写上原名，也不知道这样的礼遇是不是独一份。后来，你送了手绘图册给我，临别之际，还约了北京小聚。旅途中，我始终与你保持着联系，你远程操作摆平了我们一路上遇到的各种问题。真的，敌哥，有你在，心里可踏实了。后来因为一些突发情况我离开了拉萨，也没跟你告别。岂料当初离开拉萨踏上旅程的那一别，如今竟是两世相别。那瓶牛二再也开不起瓶盖，教诲也诀诀。

他们都叫你假老师，我却叫你敌哥，很亲切很随缘。他们说，你的骨灰一部分留在当惹雍措，一部分被你的家人带回北京。敌哥，岁月会无情老去，但我还记得你的芳华。忽然觉得这篇文章写对时候了，北京全城上映着《芳华》，一部我借用在这段文字里的电影名。

敌哥，你还好吗?

2017 年 12 月 31 日

愿你在有光的世界，安好如初

文　陈实

2017年只剩下不到120分钟了，而你离开我们去向那有光的世界，也有180多天了。这180多天时间里，我再也没有点开我们一起录制的电台节目《神的孩子都要去西藏》。因为我不敢听，不敢听到你那熟悉却又遥远的声音。

依然记得，2015年我们第一次见面，在昆明，那时候我对你崇拜得五体投地。

依然记得，2015年我们第一次旅行，我陪着你去了佛国缅甸，你教了我很多旅行的东西。

依然记得，2016年我们第一次在北京相遇，你带我去北京的胡同里找美食，我吃了一斤面。

依然记得，2016年我们第一次在阿里的路上不期而遇。

依然记得，2016年我们第一次一起讨论工作，讨论我们要开发的“伟大的喜马拉雅”大穿越路线。

依然记得，2017年我们第一次在深圳相遇，那个晚上，我们兄弟四人在酒店房间里彻夜未眠，房间里烟味太重，以至于酒店以为我们要纵火。

依然记得，2017年，我们几个周末关在昆明的办公室为粉丝们录制《神的孩子都要去西藏》。

依然记得，2017年6月12日，你出发去探险的前几天，还在跟我聊天。不成想，那竟是你我最后的对话。

你走的那天，我足足赶了48小时的飞机，可还是没来得及见你最后一面，悔恨莫及。

2017年8月，录完最后一期专门为你做的节目，我从亚青寺出来，边开车边听边流泪。抵达德格时，我跪在度母前为你祈福。

西藏-假想敌，我一直把你当作我旅行事业的导师，感恩遇见。

祈愿你在那有光的世界，安好如初。

2017 年 12 月 31 日

一个人，一面湖，一个新世界

文　宏海鑫

你说2017在西藏的某处要不期而遇，你说会有机会一起走“一措再措”之旅，你说“一措再措”之行会看遍世界上所有的蓝。

你说西藏你最喜欢的湖是当惹雍措，你还说只有到了当惹雍措才会看到世界上最纯粹、最纯正的蓝，你都不记得了吗?

你说每次去当惹雍措，你都要爬上穷宗遗址，去看所谓的“女鬼”。2016年6月，老尼姑不幸逝世3天后你又去了，当时你的心情非常失落，参拜她时，鬼使神差地你的身份证遗落在了她的房间，可是当时大家二十多张身份证都是放在一起的，却只有你的掉了出来。大家都笑你是不是想留在这里，你轻轻嘀咕着说“有些事是说不清楚的”。

相约2017。

2017年6月，你如约而至，你未曾食言。可这次，你永远留在了这里，留在了你最喜欢的当惹雍措，留在了你不想离开的文布南村，投入到了你最喜欢的、世界上最纯粹的那片蓝里。一个人，一面湖，一个新世界！

现在，我们这些神的孩子，再也不能满心期待着某天在西藏的某处，与你惊喜相遇，

再也不能跟随你的脚步踏遍西藏的山山水水，你知道失去期待和憧憬的心是怎样的吗?

你真的知道吗?

2018 年 1 月 1 日

那个遗憾我一定会弥补

文　王珑（兔子）

认识李翀是在2011年的夏天，那时候他在微博上做了一个猜西藏景点名称送明信片的小活动，在公正的网友的鼓动下，我阴差阳错地成了那个活动之外的幸运儿，收到了他寄来的明信片，从此“练字”这个梗便伴随了我们相识的很多年。

在走过了川藏线之后，我一直想去阿里看看。2012年，这个行程终于提上了议程。那时我正好做一个新项目，每天都忙得不可开交，好在有李翀帮忙，最终确定了行程，并顺利完成了出行的各项准备工作，我们还约好了在西藏的某处不期而遇。9月底，当我们抵达拉萨后才尴尬地发现，师傅记错了出发的日期，比原计划晚了一天，但大家的回程机票又都是预先订好的，瞬间便慌了手脚。抱着一线希望，我给李翀打了电话，他很快就赶到了我们的住处，跟师傅沟通商量，最终确保了我们的行程时间。

2012年的阿里之行注定是不完美的，行程过半后司机师傅才告诉我们，抵达拉萨的那天他有新的行程，所以我们得提前一天回去。无奈只能再次向李翀求助，在他的建议下，我们放弃了文布南村的住宿。可抵达文布南村看到当惹雍措的那一刻，我知道我瞬间便爱上了那里。

后来我常想，也许那个时候，当惹雍措还不是他最爱的地方，否则当时他不会说得那么云淡风轻。于我，那个遗憾一定会弥补，只是多了一个原因，去看看你，我的朋友，李翀。

2018 年 1 月 1 日

人心　人意　人情

文　廊桥

2012年，我迷上摄影。偶然在8264网站上看到索以发的名为《点一盏永不熄灭的酥油灯》的帖子，当即对西藏的风景、人文产生了极大的兴趣。没过多久，我进入了“神的孩子都要去西藏”QQ群。因在群里发了一张亚丁神山的照片，大得群主“假想敌”的赞赏，从而和假想敌老师成了QQ好友。那年，还没有微信。那以后，我所有对西藏的了解都源自假老师在群里的讲解。后来，我又加入了索以的摄影群，那一张张大片让我沉醉于西藏的秘境之美不能自拔。

2014年底，我萌发了待到桃花盛开时去林芝摄影的念头，并在2015年3月开启了我的第一次西藏之旅。临行前，假想敌老师给我订了一台车，还帮我找了拼车的小伙伴，那是来自上海的一对小两口。

但因为他们已经在林芝包了车，邀我同行，我便愧疚地请假老师退掉已经订好的车，惴惴不安地出发了。但假老师并不介意，还给我们发来了详细的观景攻略。远隔万里、素昧平生，他却尽其所能为每一个被西藏吸引的人提供帮助。

尽管西藏的美景足以让人大饱眼福，可心里总觉得缺了点什么，或许是欠假老师的那份情吧。于是同年9月，我再次进藏，除了想去阿里之外，便是想见见假老师，当面致谢。

那次，我们宜昌的几个朋友一行两台车，经318国道顺利抵达拉萨，如愿以偿见到了假老师。他陪我们逛八廓街、拜大昭寺、参观罗布林卡，还给我们详细讲解西藏的历史、宗教、人文，并且细致地指

点我们拍照。而后，他又帮我们设计好阿里的行程，并一路上和我们保持电话联系。作为一个因爱上西藏而引领无数人爱上西藏的文化推介者，他对西藏的爱，不但融入了他的血液，还融入了他对众多西藏游客的帮助中。

临别之时，我和假老师约定，请他来宜昌做一个“西藏之行”分享会。谁成想这个约定竟定格成了永恒。2017年6月28日，听闻假老师辞世，唏嘘不已，却也只能拜托他在西藏的朋友，帮我们在他的灵堂上点一盏酥油灯，以寄哀思、相思和不舍！

2018 年 1 月 2 日

有缘的人会在西藏再相遇

文　Super阳

我深知由于自己文字功底的原因，这篇回忆录并不会被你们选中，但我想让敌哥知道，思念他的人里，有我。

人们说喜欢一个人，是一个始于颜值、陷于才华、忠于人品的过程。我和敌哥就很好地印证了这句话，即使我们素未谋面。说起这个过程，要从我的希望和梦想说起。高中的时候，同班同学有个在西藏当兵的哥哥给他寄回来好多在西藏拍的照片，我现在还清楚地记得让我西藏梦开始的那张照片——阳光下的布达拉宫。也不知道为什么，看见照片的那一刻，我便产生了一定要去西藏的想法。那之后，高考、上大学，直到工作后也没能实现这个梦想，但一直都在关注西藏。

2015年，我在微博上关注了敌哥，这个戴着眼镜，看起来憨厚的大男孩，生活在那个让我魂牵梦绕的地方。当时我觉得他活得很酷，可以去自己想去的地方。那年8月，我和男友决定去西藏，因为我们都意识到四年的异地恋导致我们的感情出现了很多问题，或许这次西藏之旅可以缓解一些矛盾。于是我们出发了，自驾车由青藏线进，川藏线出。这一路还算顺利，但在返程的时候，遭遇了暴雨，路上的桥被冲毁了，没有人知道前边道路被毁的情况、多长时间能恢复通车，只能等待……于是，我向在微博上曾经关注的做西藏旅游的一些人求助，只有敌哥回复我。那时已经很晚了，可他仍然耐心地给我解答了所有问题，在敌哥的指导下，我们最终顺利地踏上回家的路。

后来，尽管我们努力挽回，但终究还是分手了。加之我刚从单位辞职，且必须遵从父母的意愿在家里备战事业单位考试，使得我那段时间非常消沉。而敌哥和他每天在微博、朋友圈发的关于西藏的内容，成了支撑我的唯一力量，就好似一个疲惫到无法站起来的人，抓住了拐杖。他的每条动态，我都要看好几遍，也因此，我对敌哥有了更多了解。这个生活在拉萨的北京大男孩，每天游走于他心中的山水之间，热心于跟西藏有关的一切公益以及各种搞笑段子和美景照片，他将西藏的干净、纯粹展现在人们面前。可我想，或许他的内心也有不能言说的痛吧，比如远离父母不能尽孝，比如忍受着常人难以忍受的孤独和困难。可敌哥是幸福的，因为他有勇气选择用自己喜欢的方式过一生。

幸好，有敌哥，我得以坚持。

大半年没有敌哥的消息了，因为他曾说微信好友数量已达上限，要删除一些人，我想，我可能是被敌哥删了吧。昨晚，躺在床上，忽然想起看看敌哥的动态，于是打开他的微博，却看见有人留言说“一路走好”……我开始发疯似的在百度和微博上搜索一切有关敌哥的消息，我无法接受这一切都是事实。如今，敌哥走了，曾与我一起去西藏的男友也和之前的好朋友结了婚，成了别人的老公。

我会苛责他为什么没有系安全带，他曾那么耐心严谨地帮助了那么多人，却没能帮助自己度过危险。但至少值得安慰的是，他留在了他最喜欢的当惹雍措，真的成了神的孩子。

希望敌哥一切都好，有缘的人会在西藏再相逢。

2018年1月13日

咱们西藏见

文　猴三妹

假大叔，我一遍又一遍地翻着你的微信、微博，看着我们的合照，还是不愿意相信你已经离开。可是你的微博和微信朋友圈，永远停留在了2017年6月27日。你说喜欢西藏，说你喜欢当惹雍措，所以你就任性地永远留在了那片你爱的土地，留在了你深爱的当惹雍措。

假大叔，你记得吗？2012年底，我只身一人来到西藏，情场失意职场也失意的我，身在异乡彻夜难眠的我，不停翻阅你的微博。西藏-假想敌，神的孩子都要去西藏……因为这句话，我关注你的微博，我还记得深夜2点多，我发微博私信问你拉萨哪里有好吃的餐厅，你竟马上回复了我。当时无比激动的我，像个没见过世面的乡巴佬一样不停地问东问西，可你都特别认真地回复我。我问你叫什么，你说我比你小多了，让我叫你假大叔。微博互动多了，我就进了你的QQ群“神的孩子都要去西藏”，你还给了我群主的位置，你不知道我有多开心！2013年夏天，你说你要到拉萨待一段时间，还说要带我去吃好吃的藏餐。然后，你来了我们开的客栈，和我们一起包饺子，我们听你讲你和西藏的故事。你带我们去了白玛姐那里，你说白玛姐在拉萨特照顾你。白玛姐是开古玩店的，你从柜台里拿了一条砗磲手串给我，你说这个珠子特别

Canon

好，转运辟邪的，还是你亲手编的。晚上，你带我去了娜玛瑟德，你说很多人来了拉萨都喜欢排队去玛吉阿米，其实这里的味道更好，价格也实惠。

有一次，我特认真地问你，假大叔你为什么会这么热爱西藏？你轻描淡写地说，自己也不知道，可能上辈子就是西藏人，回家了吧。我当时说，那我上辈子肯定也是西藏人，所以才来的西藏，才这么爱西藏。你笑着说，对，我们都是神的孩子！你说你希望有更多的人知道西藏、了解西藏，你说你正在写一本书，以后会有更多的人喜欢西藏、来到西藏。你说你要让大家都知道，西藏并不遥远，西藏不是远方也不是梦。

2013年冬天，我因为身体原因离开了拉萨，我们的联系也渐渐少了，但你的每一条微博我都关注，你的每一条朋友圈我都点赞。2014年，你的书《神的孩子都要去西藏》出版了，你说让我不要去买，你给我寄一本。我说你那么忙，肯定会忘了，然后迫不及待地买了。这几年，看着你的微博粉丝从30几万到80几万，而你的微信也依旧只有西藏。虽然我不在西藏，但是我庆幸至少我们都在做着和西藏有关的事。你的书就放在我们的店里，有朋友想去西藏的时候，我就推荐你的书，分享你的微博微信。

2017年6月28日下午，打开朋友圈看到关于你的消息，我瞪大眼

神的孩子
都要去
西藏
THE PEOPLE OF BUDDHA
SHOULD GO TO TIBET

睛不敢相信，反复确认，最后问了白玛姐，看到她的回信，我开始不停地流泪，这不可能！！这怎么可能！这怎么可能呢！！！娜姐问我怎么了，我说假大叔走了，她说走了你哭什么，我开始忍不住咆哮，他死了……他死了……娜姐一边说着太不可思议了，一边拿起佛珠为你诵经。难怪上午给你发微信你没有回复。我一边哭泣，一边不停地给你发微信，心里默念着，求求你假大叔，回我消息。而你，就这样，不辞而别。

看着微博无数人转载你的消息、评论，各种旅行大V和驴友都在关注你的事情，我的心无法平静。第二天便看到关于你的悼念会时间的消息，如若不是宝宝还小我还在哺乳期，我一定二话不说立马飞往拉萨来见你最后一面。

可是假大叔，我特别生气，气你到现在也没有回我的微信，气你答应我的要和白玛姐一起吃饭却失言了，气你说要亲自带我去转山转湖，现在你也做不到了。我也特别恨，恨老天的不公，为什么偏偏是你？你为西藏、为藏族人做了那么多好事，你还那么年轻，还没有结婚、生子，还有很多事没有完成。你若走了，谁来帮助那些患了大骨节病的孩子们？那些想去西藏对路况不熟的驴友找谁求路线？那些神的孩子，谁来指引他们到西藏？我来了西藏，谁带我去吃好吃的？

假大叔，你知道吗？通过你的微博，我认识了你的挚友，那位曾在群里开玩笑说她是你女朋友的美女作家路佳瑄，看着她写的关于你们之间的故事，我再次流泪，为你，为她。我想你是知道的吧，她为你，流了很多很多泪。我一口气把她的书全买了下来，后来我还和佳瑄姐成了朋友，前几个月和她微信要了你爸妈的地址，我给他们寄了我们的四川火锅料，这个月我想着给他们寄点腊肉香肠，佳瑄姐说叔叔阿姨去三亚过年了。所以，你也不要担心。

假大叔，我知道你已经回到了有光的世界。这么多年，为了西藏、为了藏族人、为了神的孩子们，你辛苦了。我想，那么爱西藏的你，永远留在西藏的你，已经回到了神的怀抱。

假大叔，咱们西藏见，就在你最爱的那片土地，在你最爱的那片圣湖旁。

2018 年 1 月 30 日

图书在版编目（CIP）数据

一措再措 ：纪念我们的好友李翀 / 路佳瑄主编. --
北京 ：中国致公出版社，2018
ISBN 978-7-5145-1292-2

Ⅰ. ①一… Ⅱ. ①路… Ⅲ. ①散文集－中国－当代
Ⅳ. ①I267

中国版本图书馆CIP数据核字(2018)第120771号

一措再措——纪念我们逝去的好友李翀
路佳瑄 主编

责任编辑：周 炜
责任印制：岳 珍
选题策划：路佳瑄
封面摄影：索 以

出版发行：中国致公出版社 China Zhigong Press
地 址：北京市海淀区翠微路 2 号院科贸楼
邮 编：100036
电 话：010-85869872
经 销：全国新华书店
印 刷：北京信彩瑞禾印刷厂
开 本：880×1230 1/32
印 张：8.25
字 数：100 千字
版 次：2018 年 7 月第 1 版 2018 年 7 月第 1 次印刷

定 价：78.00 元
